柳生じゅん子詩集

Yagyu Junko

JN250407

新・日本現代詩文庫

135

土曜美術社出版販売

新・日本現代詩文庫　135　柳生じゅん子詩集　目次

詩篇

詩集『伸樹』他（一九六二年）抄
青　・10
小さき者　・10
春の陽　・11
東京の印象　・12
さくらんぼ　・13
詩集『視線の向うに』（一九八一年）抄
視線の向うに　・14
石だたみの道　・15
浦上川にて　・15
白もくれん　・16
さくら　・16
綾取り　・17
影　・18
土塀のそばで　・19
夜汽車　・20
麦畑　・20
せんべい　・21
黄砂現象　・22
詩集『声紋』（一九八七年）抄
声紋　3　闇　・23
声紋　5　火　・24
声紋　7　鏡　・25
声紋　9　秘密　・26
橋　・27
たんぽぽ　・28
ねむの花　・29
雨あがり　・30
五月　・31

詩集『天の路地』（一九九一年）抄

凧　・32
かわえび　・33
傘について　・34
一本の樹　・35
夕顔　・36
語る　・37
証　・38
夕暮れの路地　・39
雨の路地　・40
火の路地　・41
天の路地　・43
霧の路地　・44
微熱の路地　・45
ぶらんこ　・46
再生　・47
晩夏　・48
遠花火　・49
野の部屋　・50

詩集『静かな時間』（一九九四年）抄

ルリビタキ　・52
木もれ陽　・52
ひよどり　・53
化石異聞　・54
存在　・55
冬の窓に　・56
紙魚《しみ》　・57
蟻　・58
警告　・59
踏切　・60
形見　・61
蛍　・62
六月　・63

停留所　・64
静かな時間　・65
詞華集『饗宴』（一九九五年）抄
ゆれる　・67
愛文字考　・68
詩集『藍色の馬』（二〇〇二年）抄
Ⅰ
馬の目のなかに　・69
耳の地図　・71
弟　・72
菜の花　・73
トンネル　・75
八月の庭　・77
十一月――父に　・78
間違う駅　・79
視線　・80
母の帽子　・81
Ⅱ
痕跡　・86
春の雪　・87
橋のある街　・88
カルスト高原には　・89
数字の4は　・90
五月の風　・92
泣く樹　・93
水難　・94
夏の日　・95
冬の地図　・96
冬の獣　・97
詩集『水琴窟の記憶』（二〇〇九年）抄

牛蒡　・99
えんどう豆　・100
白菜　・101
とうもろこし　・103
にんじん　・104
蓮根　・105
朝の科学　・106
蕎麦　・107
月下美人　・109
名を呼べば　・110
天の鈴虫　・111
キノコ浄土　・112
静かな橋　・114
別れ　・116
橋に灯りが　・117
七並べ　・118
草の行方　・119
いちょう並木　・121
編みもの　・122
光る窓　・123
水琴窟の記憶　・124
兎がいた日　・125

詩集『ざくろと葡萄』（二〇一四年）抄

領地　・127
樹の海　・128
吊り橋　・130
秋の声　・131
藪椿　・132
五月の浜辺　・134
城内一丁目　・135
ざくろ　・136
葡萄は　・138
渡る　・139

午後三時　・140
蟻に　・141
地下都市　・143
灯火　・144
春のひかり　・146
幻鳥——帯状疱疹　・147
春の庭で　・148
朱いブラウス　・149
旅に出て　・151
紫雲英　・152
かごまちは　・154
mの希望　・155

詩集『友だちと鈴虫』(二〇一六年) 抄
笑う力　・156
秘密（1）　・157
クラゲになろう　・158
ぼくが生まれた日　・159
うれしい話　・160
本を読む　・160
鈴虫　・162

未刊詩篇
産声　・163
公園で　・164
曲る　・165
千の耳　ひとつの耳　・167
口内風景　・168

エッセイ
父の句集　・172
孫につなぎたい話　・174

解説

山田かん　僅かな時間の重いもの　・178
土田晶子　滴りとなって響く詩篇
『水琴窟の記憶』を読む　・181
福原恒雄　言葉の生命が作者を背負ってつくる現実
『ざくろと葡萄』を読む　・186
年譜　・191

詩篇

詩集『仲樹』他（一九六二年）抄

青

胸を張って空を仰ぐ時
吸いこまれてしまいたいほど
素直になれる

でも
いつまでも見ていたら
涙でいっぱいになりそう

墓標に秋の風が吹き
まつ毛の上の夢も枯れ
バラバラになってこぼれた時
かなしい程
好きになる

ひとりで……
胸の奥からふつふつと湧き出る
この思い
青い空によせて

一九六〇年二月

小さき者

すすきの中をかけ廻る
ほほがピリピリするほど
冷たい風が
私の心の中にも突きぬける
——自分だけの世界に入りたい

私は疲れて寝ころぶ
頭の上に
すすきの穂に囲まれた
空だけが見える
今の私の心を
そのまま吸いこんでしまいそうな

おさえきれぬ何かが
胸から　こみあげてきた
――空は広かったのだ
――空はさまざまだったのだ
こうして見る空だけが
青く静かに澄んでいるのだ

一九五九年十一月

春の陽

空がボンヤリ青くなった
日の光が瞳を射る
まぶしい明るさに
思わず瞳をとじる

灰色の海に亡霊を浮ばせ
枯れた頬に
雪の涙をホロホロこぼした冬よ
しかばねのように
黙った思い出よ
怠慢の中で
くずれ落ちた偶像よ
皆　さよならだ

胸を張って背伸びをする
こうして
明るい光の渦の中に立っていると
私の中に舞い戻ってくるものがある
あたたかく湧き上がってくるものがある
すなおに振り返って
「ありがとう」と言えそうだ

一九六二年四月

東京の印象

ネコのような瞳と
つり鐘をかぶった頭が
胸を張り
キョロキョロして歩いている

ネオンとヘッドライトの光
ジャズと人息の中を縫って
人形と機械の交叉する道を
鼻を
ボンやり明るい空に向け
足音を響かせて歩いている
一匹のねずみが
銀座裏の小さな露地を
こそこそと通りすぎた
人々はいっせいにそれを見
大げさに驚いた身振りを
一寸すると
またツンと鼻を
ネオンの上の天に向けて
歩いていった

一九五九年十月　修学旅行

さくらんぼ

窓ごしに
まだ良くうれきっていない
さくらんぼがみえる
うすもも色の
健康な人のほほのように
清潔な若さの
落し子のように
ポツンと丸く
緑の葉の間にみえる

私の幼い思い出を含んでいる
あの色　あの味
祖母がはらはらするのをしり目に
高く高く登って
あの実を食べた
甘ずっぱいあの実を
気のすむまで食べて
降りようとして
急に恐くなり　泣きだしたら
祖母がびっくりして
はしごを持って来た

いたずらっこの私を
今でも思い出したように笑いかけている
さくらんぼ
やさしい祖母の思い出と共に
私の胸に　いつまでも残っている
あの赤い実

一九五八年五月十日

詩集『視線の向うに』（一九八一年）抄

視線の向うに

八月九日十一時二分
サイレンが鳴り始めた
向う側から来た老人は帽子をとり
私は傘をたたんで　子供達と
黙って頭をさげた

うずくまっていた怒りが
地底を割って噴きあげるサイレンの音響に
私は震えあがっている
さっき見た青空は
（私が十日前まで住んでいた都会では
元日にだってこんなに澄んではいなかった）

あの日爆雲に開かれた空の日に違いない
胸が寒いのは　見つめられているからだ
私の貧しさが　この街を
見えたと錯覚はできても
見つめられるという防禦できない痛みよ
今日の日を　知っていると
知識の中に収めているのも恥しいことだ
この一分間の長ささえ知らなかったのだから

海へ行く話の続きを始めた子供達に
見知らぬ老人は
祈りのままの視線を注いでいる
まぶしい視線の向うに
私を撃ち続けるものがある

石だたみの道

石だたみの道で
少女がふたり石踏み遊びをしている
石だたみの道は
塀の向こうの小学校を囲むように続いている
原爆が投下されて数日間小学校の庭には
多くの遺体が運ばれてきて
燃え残りの木を組んで焼かれたという
校庭から流れる煙を
染み込ませた石だたみ

五月の陽射しがふりこぼれて
石だたみの上を
楠の葉の影が浮かび上がっている
影は片足をあげて跳んでいる少女たちの後に
暮らしの通り道として歩く私の行手にも
遠い日のかげろうのように重くゆれている

浦上川にて

川に溢れて
水をせき止めた遺体は引き上げられないまま
数日後降り続いた雨で
海に流されたという
川の向うにはカンナの花
炎の色　血潮の色　叫びの色
手前の川原にはすすきの群
まだ焦げ茶色のつぼみだが
花は淋しさを開き始めている
水の少ない川面に

バスが通り　人が横切っていく
青いあの日の空の上を
確かに時は流れていて
水泳教室の生徒達が
はじき出されてくる川の側は
今　あの日を知らない夏
見なかったものが見える手だてを求めて
川を見つめる私に
小さく握り返してくる息子の手がある

白もくれん

今朝　三つ咲いていた白もくれんが
午後には七つに増えている
白い花は心のかたちをして
年を重ねるごとに高みへと咲いていく
ひたむきに見あげる心
見えない風にもほころぶ心
驚いてやわらかくなる心
待つことでふくらむ心
私の見てきた淋しさは
葉になってあとから出てくるのだろうか
花はいちにち　ゆったりと
やさしさばかりをひらいている

さくら

さくらの花が舞い降りる

音もなく地に落ちる
落ちるまでのわずかな時間
花びらは
空ともよべない空間に
やさしい文字を書く
誰も知らない
誰にもわからない文字を
たったひとつ　体中で書く
ほんのり赤く染めて

風が吹くと
花びらはいっせいに
いのちの文字を書き急ぐ

綾取り

ほんのすこしの糸一本
輪にするとはじまるあそび
ひさびさに娘とあやとりをする

指と指のやさしい空間に
川から始まる糸の旅
幾何学模様のひとつひとつに
名前はついているのだろうか
水紋　芹の葉　柳の新芽
娘の道草にも似た旅のしめくくりに
私の手は堤をつくっている

十四歳の娘は　いま

身体に光る時間をつけて泳ぐ魚
振り返らないことで勢をつけている
翼もつけかねないほど背伸びをしている
小さな堤にぶつかるしぶき
越えてあふれる水
堤にその存在さえ問いかけてくる

あやとりを引継いできたたくさんの手と手
遠い日から祖母や母達のうたってきたうた
素朴な祈りや願いが私の指先にもとまって
堤をつくる手を支えている

くぐり　すりぬけ　裏返す
ゆるめ　張りつめ　たぐりよせ
ひととき糸に心をあずけて娘とあそぶ

影

ふと　夜の建物の影に入っていた
闇は　遠く生れる前の世界のように
わたしを包みこんでいた
深い安らぎ
どんなかたちもやわらいで
動くものを静止してひそかな寂けさがあった

影を持つことは存在している証し
けれど人はときに
影のなかに身を置きたくなる
ものの影であったり
人の影の部分であったりする

ゆだねた影に　重いものは
背中から少しずつ溶けていって
わたしもまた
明るみの方へ飛ぶことができる

土塀のそばで

朽ちかけた瓦屋根の門
蔦をからませた土塀
一面に　すすきが吹き出ている
主のいない武家屋敷跡に
杭のように立つ高い楠の樹

藩は常に先鋒部隊であったという
喧嘩騒動ではこの家からも
切腹者を出したという

語り継がれる雄々しい歴史の影に
小さくうごめく名前も残らない女達
家の重さや肩をすぼめる風に耐え
どんな思いで門をくぐり
楠の樹を見上げただろうか

やわらかい冬陽を浴びて
年輪に封じ込められていた女達の
つぶやきがいっせいに落葉になる
すこし離れた土塀の外にこぼれて
道行く人を振り向かせる
再び舞い上がることもない落葉の
言葉にならない声が
私の耳の奥にひろがっていく
歴史の流れの側に寄りそう
もうひとつの流れを
闇をすかして落葉の向うに聞く

夜汽車

眠りからふとめざめると
夜汽車の走る音が聞える
駅から離れ 山をへだてているのに
はっきりと響いてくる

うすもやの中を汽車は走ってくる
遥か遠く ふるさとの幼い日々のずっと向う
私の生まれる前の世界から来ているのだろうか
淡い虹色の車体をいくつも連結させている
目をつむってじっと待っていたが
汽車は速度をゆるめず
車窓をまぶしく光らせて
そのまま通過してしまった

汽車は今までにも私の枕もとを
ひそかに走っていたのではないか
怠惰に身を肥らせすぎて
余分な荷物ばかり多すぎて
ずい分遠くまで来てしまった——
のは私の方だった
胸に手を置くと
レールに伝わる夜汽車の余韻のように
響き返してくる音がある

麦畑

香ばしく青い匂いの麦畑が広がっていた
麦穂の海はゆったりとうねり
引揚船の窓から見た暗い海に似て

幼い世界の果でくり返し雪崩れ落ちていた
穂先の鋭い痛みはむしろ私を支えていた

夜半に父の激しく叱る声と母の涙を見た
薄目を開けてみた重い夢の続きは
母の少しずつ欠けていった歳月と
言葉の少ない庭を吹き荒れて
朝は翳りのままにやってきた

母のふっくらとした掌の温みを
たぐり寄せる夕空に汽車の煙はあがり
私の大切なものを乗せていってしまった
渇いた汽笛がずれて聞えると
私の背後に音を立てて流れるものがあった
寒い穴の淵に立って
私は麦穂の触れ合う音を聞いていた
ただひとつの確かなもののように

せんべい

うすもも色の大きなせんべいだった
大陸からの引揚船の船倉の記憶に
わずかに射し込む十六夜の月だった

どんな人によって焼かれたのか
どこから手に入ったのか
四歳の私の背いっぱいに
せんべいは背負われていた

せんべいを食べるときの歯音
まわりに子供はいなかったのか
私が味を思い出そうとする前に
せんべいは欠けて小さくなってしまう

それでも今夜のように背中の寒い日
父母や大人達の重い沈黙の谷間に
私はリュックにせんべいを入れて
海を渡ってくる

黄砂現象

窓を閉め切ってとじこもる人がいて
かぶさってくる空に苦く顔をしかめる人もいる
黄砂現象の日
風がじわじわと横に這い
景色を薄茶褐色に封鎖し始めると
私の中のざらつく記憶がゆすぶられる
引揚げ直後にはぐれてしまった幼友だち

毎朝幼稚園にさそいに来る声だけが
兄と私の胸の隅にとまって帰国していた
引揚げ船で仲良くなった友の
水葬されてしまった理由を
私はまだ納得できないでいる

あの戦いの日の記録
うずくまるページのずっと向う
裏表紙にひしめく人達
三十三回忌はとむらい納めというが
年月はそれほどに
土まんじゅうの墓標を風にさらし
荒れ野に遺された兵士達の
血潮は大地に染み通り
骨を親しく土に帰してしまったのか
人は忘れることで傷をふさぎ
目をつぶることで傷つかずにいても

私達は四季をおくるように
通りすぎることはできなくて

明るい春の日に
はるばると海を越え帰ってくる黄砂
血潮の色　骨粉の手ざわりに似て
黄砂は死者ばかりのさびしい葬列
あなたの庭に　私の室に
音もなく降り立つ気配に
ひととき　聞く耳でいたいと

詩集『声紋』（一九八七年）抄

声紋 3　闇

問われたとたんに
足もとの暗さに気がついた
ひとの闇に染まったのではなく
私も同じ闇をもっていたということなのか
言葉の糸を引きあえば
いっそう深く
混迷の淵におちていく

あらわれた言葉の下に
どれほどの希いがかくされているのか
言葉が幾重にも折りたたまれた地層の断面図
真実から遠い地面をさぐっていた

ふるえる鼓動が聞こえる
よび戻したい　還りたがっている記憶から
前生の記憶の地下道にさかのぼれば
いまもしたたりおちている水がある
掌にていねいに受けとめることから
回復を始めよう

しめった風が流れてくる
答えはどこにもないが
闇のなかにこそ
視えてくる軌跡もあるだろう

ただくり返すしかなかったのだが
聴くということは
体温を伝えることでもあるのか
ふいに厚い膜はつき破られ
前方から　光がこぼれてくる

声紋　5　火

ことばにするたびに
細くなる火がある
たとえば希望　たとえば愛
光にさらされて火照ってはいるが

失意と同じ数ほどあったはずのゆくさき
あのときと気づく
いくつかの曲り角にたたずむと
鬼火がゆれるむこうに
暗い森が深く息づいている
行かなかった道が闇なのは
今では　やさしさなのかもしれない

線香花火は
物語の背景ばかりをうつしているが
裏切りの木陰で摘んだ野の花
安堵の土手をおおう青草の匂い
恥ずかしい記憶はいつまでも消えなくて
時間の指先をのぼってくる

たゆたう煙は病んでいるのか
倦んでいるのか
ほのかにぬくみが残るうち
闇をはじく火とことばの
辛く寂しい関係に
ふいごのように新しい声を届けてみる

声紋 7 鏡

自分のはなしたことばが
ふいに　鏡になって
みずからの胸底をうつす

無意識とよぶ
竹の根のように潜在しているもの
甘えやずるさ　猜疑心が
思わぬところから　芽を吹き出している
意識の角度によってずれる
あいという名の陽だまりも
よくみれば
屈折した影の重なりによって
支えられている

声に出して視えたとたんに
わたしは逃げる用意をしていなかったか

カラスノエンドウの豆笛は
素朴な時間をふるわせて
内なる声のひびきぐあいをはかっていく
失ったもののうえを
しみのところはなおいっそう
あつく息をふきかけては
鏡を磨いてみる

声紋 9 秘密

はじめは抽象であった
思うだけで灯《ひ》がともる

たとえば
庭隅に移植したそうたん木槿《むくげ》*だった
誰にも視えない糸を送り
はじき楽しむ余裕さえあった

執着しだしたのは
ゆり起こされた魔性による
足には鰭《ひれ》がつき霧のなかを泳いでいた

木槿は首をのばすたびに
喉の奥まで見えてしまう
垣根や門は低すぎる

ほんとうに黙っていれば隠しきれるのか
油断や無意識のくもの糸
疑いやねたみの落し穴
夜中に水が漏れている

どの道にもわなが仕掛けられている

花をふり返りのぞいている
あれはきっと鬼の顔だ
幼い子供さえ　ふいに
王様の耳はロバの耳　と叫ばないか

ついにはあらゆるものが具象になる
ふくらんで抱えきれない重み
自身を支えるために
出口を捜してもがき始めるのか
全てが石になるほどの時間を被せていくのか
岐路にたたされる

＊　そうたん木槿――白地に花芯のあかい底紅むくげ
のこと

橋

架けたい思いが橋なのか
ひとのそばを流れる川
耳を澄ますと
悲鳴に近い水音をたてているが
他人の架けた橋を渡ることはできない

夕焼けで急に近づく対岸の街
家々のやさしい影の重なりは
飛び越えられそうな親しさだ
けれど　まばたき始めた街の灯りは
ひりひりと痛む傷のいろ
忘れてしまっていいほどの歳月に
亀裂をひろげて

川はどのように蛇行しているのか
ひととひとのあいだ
自分が少しも傷つくことなしに渡れるほど
わたしの身は軽くなかった　と
思わず振り向かされる夕べ

暗い岩礁や切り立つ崖の向うへ
いくどか架けたと思った橋でさえ
すでに立ち消えている
淡い虹だったのではないか

たんぽぽ

ひとの痛みは　たんぽぽのように
視えている部分の何倍も根が深い
たとえ同じ体験をしても
雨や風　立っている位置によって
推測できない苛酷さを降りている
のぞけば　どこまでも届かない
深閑とした闇に向っている

痛みに響く音色がある
痛みに通じる風穴もある
低く　かがんで
ひとの胸の底に降りた時は
わたしもまた膝頭かかえて黙って座ろう
ここで声高に争えば共に深傷をおう　が
手を握りあえば　ひととき
切ないいのちの温みに支えられる

けれど　立ちあがるときは
誰もひとり
どんな荒地であっても根を張るしかない

痛みの深さだけ　その花は
ふっくらとやわらかな笑みを
身につけてゆける

ねむの花

水溜りをまたぐようにして
ふいに　遠くへ逝ってしまったひと
雨粒の波紋を空までひろげて
あんなに高いところに花を咲かせている

悔いや切なさが
花のまわりで淡くとけているあたり
向こう岸へいくカーテンがゆれている
さびしい川音が音楽のように漏れ
川の中ほどに鳥の影
白鷺だろうか
あの世とこの世の境を
行ったり来たりできるのは
もう鳥たちだけなのか

ひとは
亡くなったときから
輪郭を持ち始め
ひとをとおして　ようやく
視えてくる世界がある
裏切りも背徳も
姿をかえてわたしのなかにもある
わたしも正直に
笑顔のままの花を咲かせられるだろうか
寂寥の野の向こう
取り返しがつかないほど
空が深い

いまも
ねむの樹のそばに立つと
たくさんのものをもらったことがわかる
花がわたしのほほに
うっすらと紅をはいてくれるのか
あたたかい血がのぼっていく

雨あがり

草藪の汗が吹き出すように
みみずがでてきた
陽ざしがはぜるアスファルトのうえに
地を這い目を瞑ることに従順すぎた生き方に
今さら疑問符になるには足らない

血のひと滴

死が当たり前で私がつぶされた時代があった
いま
子に語り継ぐべき私はあるか
史の暗部に届く視はあるか
詩に志は貫かれているか
だがすでに
おびただしい「し」の字は干からび
魂はぬかれていく

アフリカの大地
イラン・イラクの争い
血縁のように空腹時に発熱する
わたしのみぞおち
どう避けても　踏んだり蹴とばさずには
歩けない道

爆心地が視える　戦場が重なる
ごめんね　みみずたち
ごめんね　たくさんの「死」よ

飛びこえ走りぬける背後から
苛酷な約束のように
やさしい夕暮れが降りてくる

五月

祈る手のかたちにふくらんだ新芽から
樹々の呼吸が聞こえてくる
葉ずれに光りの粒子が散らばって
また豊かに吸いとられていく
そうやって深い息をして
岩石のような木肌の藤の古木も
ゆったりと花房を咲かせている
花たちの吐息　虫たちのさざめき
草々の息吹き
風をやわらげ陽ざしをゆらして
今まで視えなかったものたちが
大きく息づいている季節
ひとの呼吸だけが不協和音だと
気づかされる五月

大地に固い靴音が響き始めている
空をめぐる不遜な星
海に潜っている不信の魚たちは
内なる敵はどうやって撃つのか
忘れることはたやすいだろう
通り過ごすのは
もっとたやすい
くり返され続けることは

もう過ちとは言わない
樹々のそばに低くかがむと
幹にコケが生えている
蟻や虫たちの出入りする穴が
いくつもいくつもあって
人智の及ばない
深い音楽に包まれている

詩集『天の路地』（一九九一年）抄

凧

そのまま飛んでいってしまえば
よかったのだ
桜の樹の梢で
凧は無残な姿をさらしている

耳が切れそうな空に
のびやかに時を呼吸していた
糸をたぐり　あやつっているのは
少年だったが
凧はもう少年の希いを越え
青い魂をつきぬけ
高みで光る思想でさえあった

びしびしと伝わってくる
たしかな手ごたえは
はるかなものからの伝言
風に向かうたびにみなぎっていく
血のたぎりでさえあったのだ

凧の求めた解放と自由は
こんな生活《くらし》の高さに
破れた旗のように
ひっかかることでしかなかったのか

私にとっては
ひとつの譬喩であったが
いきなりの突風
油断であればなおさらに
あっけなく落ちた凧の
糸を握ったままの

少年の掌よ

かわえび

水面をはねる光をまとい
どんな絆をも拒んではじける

小さく
こわれやすい生きものだから
怠惰な水にはすんでいない
磨ぎ澄まされた感性の小川に
指針のように
まばたいている

いのちが透きとおっているから
固い日常の竿や

荒れた言葉の網では掬えない
心を解き
謙虚な姿勢にかがんで
ようやく見つかる

わたしの暮しの底に小川はあるか
清冽に
かわえびは跳んでいるか

傘について

ひらけば
やはり傘なのであった
音楽や物語り
ましてや突然の明日が生まれることなどない
それでもひとは

傘をひろげるとき
ほんの少し期待に似た思いをもつのは
そのやさしい半円の
ふくらみのせいなのか

ずぶぬれの辱しさを
わずかに切りとる空間
風の通りぬけを守る
ささやかな庇
傘をもっている
それだけで
一歩が踏みだせることだってある
病んだ空で胸もとが
おおわれているときはなおさらだ

雨で煙る足もと
かすむ向こう側

押しよせる寂しさをとどめ
己を抱くようにして
一本の支軸を握る

一本の樹

樹がふくらんでいる
木の葉だと思っていたのは
すずめたちだったのか
羽繕いをしたり　うずくまったり
冬空の下　あるがままに

こんなに私達の暮しの側にいて
遠い時間をもっているものたちよ
ときには人間であることを忘れて
私も樹になりたいと思いながら

息をひそめてみている

小鳥たちは
何を喜び　何に不安がっているのか
小枝の先までとまらせて
小鳥たちの今ある重みを
受けとめている一本の樹
さえずりに聞きいり　ゆったりと満ちている
分ける木の実がなくても
小鳥と樹は共にいるだけで
つりあっているのだ

多分あれは
人間の入れない領域
いつからなのだろうか
そして現在《いま》はなおいっそう

夕顔

おりたたんだひだをほどくと
よるはきゅうにふかくなり
はじめてのおどろきや
まっすぐにうけとめるこころを
よびさまされます
ねたみやにくしみなどは
ことばにするのさえはばかられる
しずかにすきとおるじかんです

そこにいるのはだれ？
なつかしいこえ
ききおぼえのあるあしおと
みみをやわらかくしていると

なくなったひとや
ゆくえもわからなかったひとたちが
とおくからたずねてきてくれます
ひたすらみみだけになって
くびをかたむけていますと
みえてくるのはむしろわたしのほうです

かぜもないのにゆれるきぎは
さびしさをつげています
ねむれなくてうごくむしもいて
あかりとまちがえてよってくるのが
こそばゆいのですが
ひきこまれるやみのなか
ささえられているのはわたしのほうです

いくつものむすびめをといて
いまゆったりと　のびやか

わたしじしんのこえをきくために
いのるてのかたちして
かしんのおくへおりていきます

語る　――手話に触れて

動作はすべて言葉であった
喉から指をそわせてのばし
切実さを告げる
胸をなでおろして納得する
腕の大地には
岩を置き　木を植え
掌で花を咲かせ　水を流すこともできる
指先をゆらすと
音楽さえもれてくる
ささやかなことほど

時間をかけ　全身を使っている

存在により近づくためには
言葉が必要であった
受けとめたものが
自分の胸底にも深く響いていると
伝えるのに
表情だけではもどかしい
抱えきれないものは
言葉という形で飛ばすと軽くなる
おさえてもふくらむ思いは
言葉でひきはがすと確かになる
それが痛みやつらさを越えて
ひとを孤独《ひとり》にしない
共通の
通り道であることに意味があった

ときおり
ひとさし指をたてて
それで頭の横をねじりながら
思いを抑制し
なるべく率直で
いちばん忠実にと捜して語る
原初の言葉はまぶしかった
ひとの血と肉をとおした言葉は
豊かであたたかかった
手段などではなく
あまりに生き生きと迫ってくるので
私は
言葉を失うばかりであった

証

身体のなかに果樹園をもっている
ひと月に
たったひとつ実をつける
一本の樹のために

実が熟れると
無数の小川が流れはじめ
果樹園に音楽があふれる
やわらかなふくらみの
いのちの濃い空間は
生あたたかさの極みにあって
ひとを越えた祈りとつながっている

かなたの青い星々
きらめく天体とは
息をつめて呼応しあっている
意識のずっと底の方で
ほんのり明るんで

一億年の季節を
卵形の果汁に
ひとときよみがえらせたあと
ゆっくりと実が落ちる
果樹園に
微震のような痛みが走り
落下の刻が知らされる
その実が生きていた証に

夕暮れの路地

夕暮れという文字の側には　赤い火が要る。焚き火でもいい。かまどの火だともっといい。ひとの身体を心底あたためる火が。

幼な友だちのさっちゃんの家では　お父さんが失業するたびに　一日中家族で寝ていた。身体を動かすとお腹がすくからといって　水を飲んでは皆で並んで寝ていた。「それでもうちは　うれしくなるんよ。皆で揃って寝るなんて　めったになかったもんね」。こんな時でも　くったくなく笑えるさっちゃん。

そのうち姉や弟のなかで　さっちゃんだけが鳥目

になってしまって　夕暮れをこわがっていた。手をひいてやると　冷たく平たい手で握り返して「デパートの屋上の小鳥も　夜になると目が見えなくなるんだって」と言った。華やかな青や黄色の羽　さえずり飛びまわっていた小鳥たちが　急に身近な生きもののように思えるのだった。

「鳥目を治すには鶏の肝を食べればいい」という隣りのおじさん（何度か飼っていた鶏の首をしめて　羽をむしっていたのを見たことがある）の声におびえて　二人で路地を駆け出したが　どこへ行っても突き当る　五軒長屋の奥の家。夕闇も風も疲れて吹き溜る窓の少ない家へ　つれていくしかなかった。

そのあとさっちゃんは　鶏の肝を食べたかどうだったか。荒れて傾き続けた家だった。

夕暮れ　家の灯りをつけたあと　薄黒色に落ちていく時間の片隅に　背をかがめてつけ加えたくなる。小さな炎の赤い色を。

雨の路地

雨と書けばすぐに溢れる小川がある。手のつけられない一匹の生きもの。Y町の幅わずか一メートル余りの小川だ。

夫婦喧嘩の絶えない隣のおじさんの声がしない。向いのお嫁さんも　日頃口をきかないおばさんと一緒に雨漏りの心配をしているのか。二階屋のおじいさんだけが相変らず声を荒らげているが　抱いた猫の毛が逆立っている。誰かがいるという心

丈夫さに支えられ　それぞれの家族が息をつめ身構えている。

皆一度流れてしまえばいい。醜いもの　汚いもの　見たくないもの。全部水に呑み込まれてしまうといい。ふいに裏のふうちゃんに「オーイ」と声をかけたくなる。病気がちなお母さんと二人暮しのおとなしいふうちゃんは　こんな時でも黙っているのだろうか。胸の奥まで水浸しにされて口もきけないのだろうか。家主や集金の人にいつも頭を下げている　私より二つも年下のふうちゃん。

水は弱い個所を突き破り　低い所へと走る。あきらめと忍従に向かって吐き出される。逃げ場のない路地に廻りこんで　濁水は溜っていくばかりだ。

けれど雨が止むと　嘘のように水はひいていく。母が育てた庭の花々を倒し　私の虫籠をさらい運動靴が片方消えている。それでもうっ屈していたものが吹き去り　年中行事のような活気と連帯感が路地を満たす。さらけ出された家の内情まで　手順よく片付けが始められ　子供達の笑い声がはずみをつける。ふうちゃんの家からも話し声がする。二、三日するとまた　隣の喧嘩も向いの冷戦も始まるのだが……。

雨　とつぶやけば　またも溢れる小川がある

火の路地

夕焼が燃えたっている。静かな火に焦げついてい

く街の一角に　黒く隈取られていく家並みがある。私はふいに　あれはY町に違いないと思う。坂は海に向かってゆるく傾れ落ちている。小さな川にそって降りていくと　路地の多いY町だと。

屋根の低いきいちゃんの家には　色がぬけるように白く美しい姉さんがいる。刑務所や時に間男などの言葉もヒソヒソと聞かれ　戸口の狭い家の闇をいっそう寒くしていた。
だから梅毒になってしまっていた姉さんは　どこにも帰るところがなかったのかも知れない。きいちゃんが目をつり上げて引き止めても　夕暮れになると　ネオン街のK橋のたもとに立っていた。
ある日　通りがかりに何気なく戸口を覗いただけで　中から飛び出してきたきいちゃんに叩かれたことがある。あの時　言い訳をしながら泣き出した私に　目をそらせたきいちゃんの横顔には　突き刺すような怒りと冷笑がこもっていた。いま三十余年もたって思い出したとたんに「何も解っていないくせに」というきいちゃんの声とともに　私の頬にもう一度ピシャリと痛みが走った。

町外れの蓮池には蛍が飛ぶ。食べ続けた巻貝百匹分のいのちを　水面にひっそりと灯す。しばらくすると赤トンボの群れが　背中に仏様をのせ　帰る家を探して　一筋血の叫びをあげていく。言葉にならない空間にゆっくりと尾を曳いて……。

角のさとちゃんは　おばさんがおじさんに叩かれるたびに　声をあげないおばさんの分まで泣いていた。突き当りの家のユキちゃんは　兄弟が九人もいて　昼間からお酒を飲んで暴れるお父さんを　寝かせるのがうまかった。ツクシ　ノビル

芹　野いちごを摘む楽しさを　教えてくれたのもユキちゃんだった。切ない息づかいが火種に水をかけていたのだった。

町名が消え川が暗渠になる。住む人がかわり鳥の名前の団地ができた。庇を突きあわせて家々は並ぶ。陽に向けて等しく窓を開けている。風呂にも煙突がないから　もう風が路地を這っても　煙がくすぶることはないのだろう。

陽が落ちると夜は急に深くなる。背を屈め路地を辿っていると　少しずつ視えてくるものがある。

天の路地

いつのまに私はガリバーになっていたのか。ブロック塀に挟まれた道。家は建て替えられているが　道路は昔のままだ。それにしてもこんなに塀は低く　ぶつかりそうな狭い道だったのか。

ここは子供達の遊び場であった。陣取り　缶けり　かくれんぼ。集まった子供の人数や年齢に合わせて遊びは始まる。遊びの天才のたつおさんは　いつも弟たちを引き連れてやってくる。ルールを少し複雑にしたり　変化を加え　毎日やっても飽きないように工夫する。すばしっこくてなかなか摑まらなかったが　時には鬼を代わってやったり　年下の子を庇う器量も持ち合わせている。すぐにすねるかつこちゃんを　うまく仲間に入れるのも　たつおさんの呼びかけるひと声だった。

そのころたつおさんの家庭はひどくもめていたが　どの子も少しずつ担ぎ始めた背中の荷物。そして誰の頭上にもはじけていた陽の光。子供達は　時折リュックを背負いなおすように　荷物をゆすりあげながら　遊びに没頭するのだった。

ふざけん坊のまあくんは　いつもコンクリートのゴミ箱の後に隠れていたが　喧嘩になりそうな場を腰くだけにさせる　貴重な存在である。泣き虫のともちゃんに皆が甘かったのは　逆に自分達が励まされていたからなのだろう。たっぷりあった時間の尾が細くなり　地面に曳いた線がみえなくなるまで続く。「ブタの尻っぽ」などと　理由も思い出せないようなあだ名をつけられながら　私も負けずに駆けまわっていた。

夕暮れ時のように　いつのまにか一人去り二人去り　今では幼な友だちは誰も住んでいない町。「みーつけた」思わずふり返れば　お屋敷と呼んでいた家の塀から　あの頃も一本だけあったヒマラヤ杉が　もう手の届かない高さに聳え立っている。

霧の路地

霧が晴れると浮びあがる町がある
山の斜面に
家々の屋根が危うく重なり
どの坂も海に向かってころがり落ちている

見覚えのある書店に父が入っていく
(父は若いころから俳句をたしなんでいた)
汗をかいてもどってくるのは
女学校を出たばかりの母だ
この町で小さな商いをしていた祖母が
いく度も休んでは腰をのばしている

父と母が初めて出会ったのは
坂のどのあたりだろう

母が三歳の弟を負ぶって家を出たとき
弟の置いていった雨の絵は
赤や青のしゃぼん玉になって飛んでいた
けれど四十年過ぎた今でも
時折　兄と私は
その雨にずぶ濡れになってしまっている

町はずれで父に買ってもらうのは
甘いきんつばがいい
潮風がふぶく冬の朝は
足先まであたたまるお茶を飲もう
遠くつなぎようもない家族を引き寄せれば
みんなやさしい背中をみせて
灯のまばたく家へ
ひとつの円の中に入っていく

霧の晴れまに
ほんの一瞬みえる
町と家がある

微熱の路地

母は胸に一匹の虫を飼っていた。うつむいて虫と話しているのをいく度か見たことがある。なだめたり　慰めたりしているらしいことは　吐息のあと胸をさするしぐさでわかった。

ほどほどに暗い闇なんてありはしない。掘るほどに底知れないのが人の闇だ。もとに戻るのがきついばかりの深さだ。夜になると母の胸から這い出

た虫は　その闇のなかで鳴く。澄んだ音色がしみとおっていく。母が疲れて口数が少ない日ほど虫は長い間鳴く。母の胸が透き通るまで。そんな日は　幼い私は眠りの道で母を捜すのだった。

そのころ貴重だった砂糖を使って　母が飴を作ってくれたことがある。甘く焦げた匂いが路地まで漂い　鍋をかき混ぜながら　母は「こうしてのばすでしょう。ホラ　これを切って冷ましたら　おいしい飴になるのよ」と歌の続きのように言う。茶色の液体が　粉をしいた俎の上で　手品のように飴玉になっていく。私は飴玉をしゃぶりながら　どこからが夢なのかわからなくなる。

けれどそんなおだやかな日々も　夕暮れになって風が止まると　虫はまた母の胸に戻ってくる。母の眉間を横切り　肩を落とした背で羽を休めたりしながら　微熱を帯びた暗がりに潜んでいる。

虫を抱いたまま母がいなくなったのは　それからまもなくだった。路地をぬけ　草原の海をすべり　寒い夢の外へと。

ぶらんこ

わたしを乗せる
それがぶらんこであった

まだ公園さえ珍しかったころ
陽のあたる位置にそれはあった
いつも五人も六人も並んで待つのである
（遠くの町からくる子もいて）

どんなに高く漕いでも
見えるのは家の屋根ばかりだったが
大地を蹴り　空へと漕ぎだす
傷ついた昨日は足もとに消え
どこか　もっと知らない
高みに届こうとして
胸をそらす
思い切りよく戻るとその分のびあがれる
全身をばねにする
(それにしても
日頃おとなしいともだちが
どうしてあんなに高く漕げたのか)

解かれ　浮き
飛ぶことさえできそうになったとき
いつか背中を暖かい掌におされ
在るがままに風に抱きとられる

もう自分の力ではなく
天の果からのびてきた大きな腕のなかで
ゆられていると感じる
(だから　どの子もつい
ニンマリと笑ってしまうのだ)

そこで何が見えたのか
ぶらんこから降りても誰も語らなかったが
今でも
月の明るい晩など
身を軽くして
ぶらんこに乗ってみたくなる

再生

どこからが光なのか花房なのか

樹齢五百年の藤の古木は
広場いっぱいに
薄紫色の雨脚を垂らしている

身の丈ほどありそうな花房
触れるとしっとりと冷たく
遠い日からの伝言のように
耳もとをくすぐるつぶやき

生れるずっと前にも
私はこうして無心に
藤の花を見あげていた日があった
今日のように友と一緒ではなく
誰もいない朝
旅立ちの前のひととき
そのときも
蜂が音をたてて飛び交い
少しのもの音にも花はゆれていた

どこまでが花房なのか風なのか
この時期　根や幹は
どれほどの水を吸いあげているのだろう
そして私の生も
いまどのあたりなのか
固い幹に　耳をあててみる

晩夏

夕立があがると
また蟬がいっせいに鳴きはじめる
無言の刻を惜しみ
なにをそんなに生き急いでいるのか

庭の隅では
二度咲きのつりがね草が
誰にも言えない風を抱いている
ひとまわり小さく咲いた花はうつむいて
雨に打たれている間も吐き出せなかった
ことばを
かみしめている

火のようなものが
ほどよいぬくもりとなって
支えてくれるようになるまで
時間を　自らを
なだめ　しずめている

花はたぶん
口を結んだまま枯れ落ちるだろう
同じように蟬も
現在《いま》からすべり　うずくまるだろう
誰にもそのときを告げず
耐えてきた熱い痛みを
それぞれの胸のなかで
完結させて

遠花火

水辺に明滅する灯
街はすでに暗くひろがる河である

むこう岸の土手のあたり
つぼみから大輪の花へ
闇深くから湧きでて
眼の裏にとどまるいとまもない
一瞬の光芒

昼間のほてりの残る部屋では
息子が私を呼んでいる
水を　時を　私の一日を
ひと息に飲みほしながら

不本意な生き方だっただろう父や
病身のまま十歳で逝った友
さきごろ自ら生命を閉じた友も
それぞれに大切な花だった
あの笑顔　あたたかい掌　行き届いた心遣い
今　晩夏の土手に美しく咲いている

音が届くまでは
ひと呼吸かふた呼吸の距離
むこう岸へもそうやって
少しずつ近づいているのか

息子がまた呼んでいる

野の部屋

風になりたい日
庭の柿若葉と空とのあわいをすべりこむと
おだやかな野がひろがっている
父がいて祖母がいて
生きていた時と同じ声　同じ笑顔
うなずかれるたびに私の内に灯がともる
人さし指で鼻をこする父
腰に手をあてて歩く祖母のしぐさも
三十余年前と同じだ

時折　とじた瞼のうえを

ゆっくりと気泡がたちのぼる
そうやって父のもとに届いていたのか
私の稚拙な生き方やとまどいまで
いまもあたたかく笑い飛ばしてくれている
額を吹きぬける涼しい風に
誰かに見守られていると感じたのは
ほんとうだったのだ

ふいに肩のあたりがやわらかくなって
祖母があられを炒っている音がする
「食べんのなら　貝掘りをしてきたらいいけんよ
無駄な殺生じゃもんね」
頭をなでながらいまだにやさしいいたしなめ方だ

思わず手をのばそうとすると
半円の景色は裏返り
ひび割れ　遠ざかる

あれは向こうの部屋で電話のベルが鳴っているせいだ
となりの部屋ほどの距離だったのか
誰にも「帰る」と言えないままに
傾く午後の光のなかを
私はめざめていく

詩集『静かな時間』（一九九四年）抄

ルリビタキ

空のふかみから
黙示のように
ひとしずく
鳥のかたちをして降りてきた

水を蹴り
かなしみの淵に咲く
思惟の花弁となって
舞いあがった
物語のはじまりをめくり
ひとの
やわらかな感情のへりを
透徹したまなざしになって
横切った

いま岩陰にいて
いのりややすらぎの
欠落した風に耐え
息をととのえている者は
誰か

木もれ陽

新緑の街路樹の下には
小さな魚たちがいる
闇の淵にふせていたものが
今　届いたばかりの光に

輪郭を得て
無心に泳ぎまわっている

青い水の匂いに
わたしからも解かれた魚がいる
水面を跳ね
背をうねらせ　もぐっていく
音もなくはじきあう飛沫は
足もとを涼ませて

ふいに風波が立ち
見上げれば梢のあたり
誰かがいた気配のように
葉ずれの音が降り注いでくる
樹々のまわりを清流にして
ほんのいっとき遊ぶ魚たち

葉裏をひるがえし
はるかな天へとかえっていった

どのような交歓があったのか
静かに満ちてくる水の音
無意識の闇をつついては
言葉にかえようと
わたしの身うちをめぐる魚よ

ひよどり

ひよどりがいる
若葉が芽吹いた柿の樹に
形よく灰色の身を乗せて
遠くを見ている

石を投げれば当たるほどの隔たり
小枝で狙えば突き刺さる近さに
身を晒していながら
しんと澄んだ時間を持っている

すると　ふいにもう一羽が
雑木林の淡い光をくぐり
半円を描いて飛んできた

ヒュッと鳴きかわすと
片側の半円を書き足して
二羽はあっという間に視界から消えた
あれはひたすら待つこころ
かわいらしい油断だったのか
わたしもまた
視えない者の
射程内に入っているのではないか

足もとが崩れ始めているのも気付かず
肩を押されただけで転倒しそうな
崖の上にいることも知らず
他者の危うさばかり揶揄して

桜の花びらが散ってくる
親しみをこめた微笑に似て
そのとき
立ちすくむわたしの背を離れ
去っていく者の気配がする
柿の樹を越え
ひよどりが飛んだ中空の方へ

化石異聞

シャッターが降りると　デパートは深い海にな

る。一億年の眠りから目覚めたアンモナイトが
壁からゆっくりと這い出す。夕陽が沈むたびに染
めなおされた海草が　ぶら下がっている売場。海
溝についたエスカレーターを登ると　魚や虫　力
弱い者達の驚愕した目が　波状に歪んだ地層の間
から視える。触角や光を言葉としてきた慎ましい
者達が　今　水音だけをほの暗く残して　埋葬さ
れていることが解る。まがいものの季節や風が
そよぐのをやめる最上階の窓に佇むと　底の抜け
た空間が見渡せる。変わらぬ星の呼吸。その瞬き
と　まっすぐに切り結ぶ息遣い。今もお互いに
読みとれないままになされる　おだやかな交信
だ。満ち足りてまた新しく一億年を眠るために
サンゴやウミユリの待つ一階へと戻っていく。デ
パートで耳をくすぐられる朝は　見上げてみるが
いい。壁の化石の位置がほんの僅かだが　海の方
にずれていることに気付くだろう。

存在

灯火《あかり》という文字をなぞってみる
指先から胸もとへと
伝わってくるあたたかさ
ひととひとの間に横たわる川の向こう
そこに点っているだけで
わたしもまた立っていられる均衡

けれど今夜は
こんなに憎しみの思いが起伏して
わたしの室の灯火《あかり》も消え入りそうだ
ひとを咎める　ひとを拒む
我執するほどに思考は短絡していく

動かなくなった川面に
小さな魚たちが銀色の背びれを返してくる
身を鍛えていのちを繋ぐ
芹や川薄の根もとで
脱皮を夢みている幼虫たち
魂をすり減らせて佳境に至るのか
ひとつ　またひとつ
あぶくの輪が重なっている
わたしは低くしゃがむこともできなくて
闇を深めている

なぜ断ち切ることもできないのかと
問うてみる
すると川音が胸襞に流れこんできて
和音のように響きあうものがある
風の通り道を塞いで
かたくなに身を守っていたひと

あれは少し前のわたし
視ないままで過ぎたかった己の後姿なのだ

冬の窓に

橋と書く　舟とつけ加える
目をあげれば
漆黒の川の向こう
ほのかに灯火《あかり》がにじんでくる

ひとの息で曇ったガラスに
魂　という文字を書いてみる

こころは
表出されたことに驚き
もう一度なぞられただけで涙ぐみ

情に溺れて消えた

あとには痩せた鬼が一匹とり残された
ひとに近寄るには
角《つの》を隠す術に欠けている
ひとを喰い殺すには飢えが足りない
足をすくませて牙をむいても
誰もふり返らない
どこにも自分の居る場所はないのに
どこからも透けて見える
荒れたガラスの野に張りつき
ウォーと吠えるしかなかった

思わずのばしたわたしの指先が
ふるえる鬼の瞼に触れた
そのとたんに鬼は窓ガラスを抜け
雪が降りしきる外

異界への道をいっきに駆けおりていった
背中をびっしょりと濡らしたままで

こころも鬼も去ったあと
妙に明るくなった穴を覗こうとすると
たちまち自分の吐いた息で
塞がれてしまっている

紙魚《しみ》

紙を　文字を
喰らうというのは
おまえだったのか
長い二本の触角と三本の尾毛をもつ
羽根の痕跡もない昆虫
本の間で暮らすという者よ

紙の手ざわり　インクの匂い
一日中本の上を這う
文字に囲まれてすごす至福は知っているが
そこで生涯をうずめる
ついには同化するほどの飢えは
わたしにはない

身辺暗くゆらげば
世界の闇はなおさら視えず
少し風通しが悪いだけで
真実への入口は
いよいよ見つからない

シルバーフィッシュ（銀魚）
という英名までもつ者よ
本をめくれば
さらさらと淋しい川音がしてくる
どこまで泳いでいけば会えるのか
今夜は
耳を澄ませて
おまえの気概に触れてみたい

蟻

気になる手紙文の一行だ
近づくと
「生命」の文字が動いている

何という言葉に導かれて
二階のこの部屋までの道のりを
のぼってきたのだろうか
しかも
まだ生きている虫を曳いていく

いきなりの佳境だ

陽がさしこむと
畳のうえにひろがるアフリカの大地
痩せた子供達の折れそうな手がのびてくる
母親のしなびた乳房とうつろな目が
宙に浮く
誰とも視線を交わす気さえない
かなしみの極限だ
渇く喉　後ずさりするわたしの
空腹時のみぞおちが激しく痛み始める

希薄な暮しの隙間をくぐって
消えていったあとも
眼底に鮮やかなるもの
読点のように一匹残っているからといって
蟻と名づけてよいか

警告

かたつむりと呼びかければ
わたしの地図に淋しく定着して
薄陽さす冷夏の崖を降りてくる

長くのばした触角の先の目は
何を感知しているのか
いま泣いたばかりというように濡れている

言葉から遠く
文字からはもっと隔っている
と　思っていた者の吐き出す
たどたどしい銀色の足跡
峻厳な通信文が静かに発光している

誰からのことづてなのか
三千年前から目ざめていた
三千年先まで言いたいことは同じだ　と
闇の深さを目測したあと
ゆっくりと
笹藪のはずれに向って這っていく
そこからは
ヒトは決して行けない
しんかんとした螺旋階段が続いている

踏切

滑り落ちてくる夕暮を
ふいに遮断機にきざまれて
つじつまを合わせるように足を揃える

そうやって言葉をのみこみ
使い古しの語彙をくり返した一日
警報ランプが胃のあたりで点滅している

悲鳴をあげて
目前を横切っていくもの
氾濫する熱と光の擦過音
すれ違うというのは
奪うか　失うか
目覚めると世界が変っている朝のことだ
またもわたしを置き去りにして
疾駆していくもの

足もとに散らばった言葉
かわく風にめくられていく向こう側
浅い呼吸に貧血する道のはてはどこなのか
どんなに言葉を拾い集めてみても

背後から砂のこぼれる音
冷えこんでいく予感のなか
眼精疲労に歪んだ街が
ひとところうるんでいる
街灯に群がる　銀色の小さな虫たち
短く精いっぱいの生命がきらめいている
わたしも言葉のかわりにゆっくりと
きき足から踏み出していく

形見

「あんた苦しかっただろう」。ようやくたどりつい
た夫の死場所で　牛秀連《ニューシューリェン》は中国語でそういって
泣き崩れた。

牛秀連は日本に招かれ　説明を受けた。けれど何
ひとつ納得できなかった。一九四四年九月の夜
中　戸を蹴破って入ってきた日本兵が　銃をつき
つけ　夫を縄で縛って連れ去った。秀連が子供を
出産して二日目のことだった。
中国の農民が何のために連れ去られたのか。一日
中地の底で炭塵まみれで働かされたのか。言葉が
通じないからと　未だにはっきりしない罪で投獄
され　そのあげくに　一九四五年八月九日の原爆
で死んだのか。なぜ　なぜ。

わかったことは　一万八千日の昼と夜　ひたすら
待ち続けたのに　夫呉福有《ウーフーヨー》はもう帰ってこないと
いうこと。話したいことがあふれているのに　ひ
らきたい胸　さすりたい背中がないということ。
死亡通知もなく　骨一片残らない夫の無念に　自
分も涙で応えるしかできないことだった。

秀連は泣いた。長崎の平和公園にある　浦上刑務所の被爆遺構の前で。生い茂る草で坑口もふさがった北松浦郡の　十二月の炭鉱跡地で。夫の悲しみは実感となって身にしみた。
その時　涙でぼやけた道端にボタをみつけた。選炭後に捨てられる　にぶくて光らない石炭だ。秀連は大切に拾った。寒い夜道をうなだれていく足どり。自分や子の名をつぶやいた夜明け。理不尽な怒りに蹴飛ばしたつま先。その夫の側にいて黙って見つめていた石ころ。時には夫も　こうしてしゃがんで　掌にのせたように思えたからだ。

七十五歳の牛秀連は四十九年の歳月を五泊六日で追いつかされて　中国にもどって行った。長崎で出会った名もない人々の心づくしと　夫の代りにボタを一個胸に抱いて。

蛍

向こう岸から
ゆらりと舞いあがり
忘れていた胸の暗がりに
静かに降りてきた

消しては灯す　その間合いは
ひとの息づかいとも似て
引き寄せられ　うながされ
わたしは手をひかれて飛ぶ

夜ごと　巻き貝をむさぼり続けた
(昼は石の下でひっそりとすごした)
百匹のいのち嚙み切った鬼の口

濡れた岸辺で小さくすぼめれば
身体の芯にたまる炎
青白くほのめいてきた

今は水ばかりで日を繋いでいても
もうそれで充分だと
光りのしずくしたたらせ
愛の呼吸は千を越える

わたしもそのようにして
水浸く草むらから這い出る
一匹の虫である

身うちをひとすじつらぬく川の音
足元までひたひたと迫ってくる闇
せめてこよいは
ひとにはもどらぬままで

六月

垣根の紅いつるバラがこぼれ落ちている
誰かが側にいる気配がする

あれは
三十余年前の六月に
一晩で逝ってしまった父ではないか
どこからかひょいと顔をのぞかせ
驚かせたりしていた　父の笑顔
(十六歳の私は何も変わらない朝に絶望し
庭からつるバラをちぎって柩に入れた)
わたしが諦められなかったために
これまでにも幾度か降りてきてくれていた

学校の健康診断で胸部に影が出ていたわたしを
目をつぶる寸前まで心配していた
(しばらくして結果は何でもなかった)
今思うと
胸の森の奥にもある断崖の斜面に
深く立ちこめていた靄のようなあの影は
父の死を暗示していたのだ

親しい者との語らいを一瞬よぎる空白
おだやかな日の夕暮れの匂い　に
ふと立ちどまり
淋しさを予感してしまう習性は
その時から始まった

凪もないのに八重のバラが
いくつも花の形をくずしている
今は何が心にかかっているのだろうか

父の言いたい言葉が
こんなに散り敷いていて

停留所

確かこのあたり
停留所のあったところだと踏みしめていると
陽炎のたつ道を
カーブをゆっくり曲がって電車がくる
灰色の車体を
ひとすじ虹色に光らせて

幾人かが降り　また乗ったのか
ひとの影は視えなかったが
その位の時間止まって
また戻っていった

とっくに廃止された軌道もないはずの
あの電車
乗りごこちがよく
疲れきったときや
身の置きどころがないほど淋しい日にも
心を預けられるゆれ方をしていた

ひとはそばにきた電車に
ひょいと乗ってしまう時があるのではないか
前日まで元気だった人が
逝ってしまった　というのは
きっとそういう時だ
昼下がり　音もなく走っているので
そのひとしか気づかないのだ
わたしは今　置いてゆかれ

乗りそこねもしたのだろう
ふいに車の警笛が鳴り
ゆさぶられた街路樹から
ナンキンハゼの朱い葉が落ちてきた
ひきもどされた日常への
シグナルのように

静かな時間

旅から帰ると爪がのびていた
観葉植物はしなびて
庭のいんげん豆が双葉をひらいている

北国は
五月だというのに流氷がきていた
夕陽が海と空をあかね色に染めあげると

呼応して青白い光を滲ませる
風をしずめ　全てを慈しむ眼差しに
みじろぎ　おののき　うたう
壮大な交歓の音楽が生れていた
（現地の人は流氷が鳴くと言っている）
その時　わたしの雪原でも
記憶の初めによじれていた母への音階が
やさしい音色をとりもどしていった
内襞を震わせ
ひとつの音色になることができた

けれど寒気は
祈りの淵に腰掛けようとするわたしを
鋭く拒んだ
しびれていく足もとを
はるかな時空が溯っていった
それからゆっくりと氷期をすぎ

わたしは
海から這いあがり
新しい生命の系譜に加わっていった
胸には清冽な大気を流れこませて

留守の間の日めくりを一枚ずつはがすと
間延びした爪の空白に
たちまち追いつかれていく
北国の海辺に
ひとりの影を残したままで

詞華集『饗宴』（一九九五年）抄

ゆれる

柳の樹がある
近づくと
枝はひとのように寄りそってくる

どうしていいか解らないでいるわたしにそよぎ
右へ左へとついてくる
振幅がひどく
そのままひょいと向う側までいきそうな
危うい岸辺では
両腕になって引き止めてくれる

けれど
逃げるなと言わない
行っていいよとも押してくれない
ただうなずくばかり
頼りなく　もどかしく
光りと樹液の匂いをあびて
一瞬　狂う

いたわりの半径が描く
ゆるやかな円のなか

そうやっていくども
わたしをゆすり　ぐぐらせたあと
枝はごく自然にまた柳にもどっている
共に傷んだ証しのように
地に緑をくずれ落とし
いっそうしなやかになった枝には
言葉ではなく

新芽を笑い声のように結んでいる
わたしも何を落とせたのか
すこしすきとおって
飛ぶ

愛文字考

愛という文字のなかで
ひとはすでにいつくしまれている
帽子をかぶり　伸ばした足は
いつでも動き出さんばかりだ

だから赤ん坊の気配に
すぐに母親の心は駆けてゆける
思っただけで乳房が張ってきたり
どんなに眠っていても
少しの動きをとらえて
耳も目も敏感に覚める

赤ん坊のほうも
叱られてつき離されると
いっそう後を追いかけて泣き
母親の腕に抱きとられると
ほっと肩から力を抜いている

理屈ではなく無償
実感として身近に希まれる

ただひとりでも
自分のことを解ってくれるひとがいる
心にかけてもらった　と
一瞬　感じられるだけで

ひとはまた生きてゆける

詩集『藍色の馬』（二〇〇二年）抄

I

馬の目のなかに

人の脳のなかに　海馬と呼ばれるところがあると知った日から　ひずめの音が聞こえるようになった。今日は朝から　眼裏の海に光があふれ　一頭の藍色の馬がたずねてくる。

生れる前から知っていたような　なつかしい目の色。長い睫毛の奥を覗くと　海を抱くようにして　はてしなく砂浜が続いている。波打際は　新しい生命がつぎつぎと波音と共に呼ばれ　陸にあがってくる気配に満ちている。引き潮に飲み込まれたまま戻ってこない者たちの淡い影もまた　波間をきらめかせている。その光矢にうたれて息を潜めていると　死者たちがゆっくり歩いてくる。父や祖母　少し前に逝った友たちも　どこかにいるのだろう。わたしの肩のあたりをかすかに触れていく者がある。足裏をざわめかせ潮の匂いを一瞬強くして。

馬よ　と問い始めると　死者たちは振り向き厳しく否という。悲しそうに首を横にふる。大切なことは変らないと。誰もどうすることもできない。受けいれ難いこと　繰り返し泡だつ言葉を　それでもたくさんの耳が黙って吸いとっていく。わたしに呼びかけられるのを待っていたというように。ひとがひとのなかに　どのように生き続けていくのか。意識がとても深いという証しなのだろう。

馬の目のなかに　わたしの忘れがたい夏の夕日がとけている。流れ星が　もう見なくなった夢のかすり傷のように　馬の目を痛めている。風紋を毛並みのようになびかせた砂丘に　ひとりひとり影になって還っていく。記憶の足元は　すでに崩れやすくなっている。首を傾けるとザラッと砂の音がする。馬の記憶のどこからがわたしのものなのか。

海があとずさったと思うと　馬はその鼻面と眼ざしで　しきりにわたしを陽の方へと促す。まぶたを開くと　おびただしい光が押し寄せてくる。いつひろったのだろう。紅色の貝がらが　希いの切っ先に似て掌に痛い。

耳の地図

血は耳を持っているから　母に呼ばれるといつでも五歳のわたしに戻って会いに行く。母は会えなかった歳月を埋めようとして　性急に景色を広げていくので　目の前にいながら　わたしは迷い子になる。

弟を背負った母の後姿が遠ざかり　ふいに消える。列車の汽笛と煙が　夕暮れの空に滲んでいく。足もとに滑り落ちそうな深い穴があき　線路への道を阻む。わたしはその時　大声で泣かなかった気がする。その涙が胸に詰まっているので　今も母の笑い声を乱反射させている。

母はいくつもの川を持っている。ふるさとからの源流と時代に翻弄された支流がある。亡くなった父の喉仏のような昼月がかかる日は水の流れはおだやかで　わたしは父の好きだった沈丁花を植え　母も覚えている夏みかんの木を添え　箱庭のような水辺であそぶ。そして川が濁流になり　いっきに氾濫した日を忘れる。川が闇夜に竜のように走り　地形を変えてしまったことを忘れる。

再会したのが分別の坂道だったせいなのか。汗をかいて登ってきたわたしを　母は妹にしたがる。雨上がりの朝　少し陽が射しただけでホロホロと解けやすい草花。かすかな風にゆれながら　笑い声のような新芽を結ぶ柳の枝。一緒にそんな土手を通らないで　母は共通の視線を持ちたがる。けれど　坂道には思いがけない風の通り道があって　そこへくると　母の前髪をなぶる風に　わたしも同じように眉を上げていることに気づく。わたしは妹になる　姉になる　ときに母親にもなる。

母は別れる間際になると　母の顔にもどる。駅のホームで五歳のわたしの名を呼び　オロオロと涙ぐむ。わたしは今度こそ母がほんとうにいなくなり　置いてゆかれるような気がして　できるだけ笑顔を見せている。

弟

会ったとたんに　やっぱり弟だった。両方で手を挙げて　近づくなり語りあう。会わない時も切なく弟で　会えなかった歳月は究極の弟だったけれど　いま呼び捨てに名を呼んで　うなずきあえる弟がいちばんいい。

別れたのが原っぱの入口だったせいなのか。かくれんぼをしているつもりはないのに　弟は私の知らない陽と空をよじ登り　木陰から出たり入ったりする。そのたびにわたしは走り寄って　知っていると思っていたことまで　何度も確かめずにおれなくなる。だから昔と言い始めると物語に雨が降る。

姉さんと呼ばれたくて　たやすく母を死なせたり　とっくに亡くなっている父を　もう一度死なせる。そうやって成り立つ仮定は家庭ではなかったけれど　ふたりでくったくなく笑いあえるから　私たちは血の繋がった姉弟なんだ。

小さい時も今も　本当はしてあげられることなん

て　僅かだと思う。けれどお寿司をご馳走したり　お茶を注いでやっていると　他にもたくさんあったような気がしてきて　雨はとっくに止んでいるのに　弟に傘をさしかけてやる。

亡くなった父にそっくりなしぐさをする弟と　別れた母に思考回路が似ているらしいわたしが　話し続けるから　ああそう言えばと言うたびに　人の輪が二重になる。会えなかった人たちとの追体験は　川っ縁の細い道をたどるので　時々バランスを崩して　溺れそうになる。

わたしと弟の淋しかった歳月に　嵐をもたらした風向きや　晴天の続く父と母の耳のような天気図が埋められていく。だから別れる時　わたしは思わず深く頭を下げて　今日はありがとうと言う。けれど弟はちょっと手を挙げただけで　笑って三歳の弟に戻っていく。

菜の花

いちめん菜の花が咲いている野で伯母さんは花を摘んでいます。小さな伯母さんが花を取ろうと屈むたびにその姿は消えてしまいます。伯母さんはとっくに亡くなっているのですが　その付近にあの世からの抜け道があるのでしょうか。生まれたばかりの蝶をあんなに軽くなって追っています。祖父の連れ子だったそうで　幼い時から子守りや家の事をして働き詰めだったという伯母さんの薄い影です。

転びかけた伯母さんが手にしているのは古い戸籍謄本です。そこには士族と書いてあります。辛いことの多かった伯母さんの拠り所。眠る前に開いては慰め 枕元に置いては誇りを取り戻していたのでしょう。柩に入れてあげなかったので 記憶より先に掌が思い出したのでしょうか。

(足をちょっと出してもええかいのう)と伯父さんに聞いています。いつまでもかわいい伯母さんです。振り向いた伯母さんが(ほいでもわたしは六日の日に母親の墓参りに行っとって 楠の樹のそばで原爆におおたんじゃけえ)と言っています。少しずつ生きるしがらみを解いて 誰の顔も確かに思い出せなくなっても 自分の存在証明のように繰り返します。(首のない赤ん坊を抱いて 女の人が走ってのう。目玉が飛び出して死んだ男の児を こがあになってしもうてって 母親がゆすっていんさった。皆どこへ行ったんかいのう。わたしも髪の毛が抜けてしもうて三ヵ月も伏したまんま。ついこないだのことのようじゃ それからどう生きてきたんかいのう)伯母さんは死んでもまだ忘れられないのでしょうか。

(みんな破れた服を着とるかと思うとったら 幽霊みたいに皮膚が垂れ下がっとった。水 水言うて縋ってきても わしは自分のことで精一杯じゃったなあ 川に入って死んでいった人の声がいつまでん耳に残ってのう。何もかも失くしてしもうて 病気を背負って生きて行くのも地獄じゃった。ほいじゃがわしの里は長崎じゃけえ疎開しても同じじゃったかいのう)いつまでも消えない悲しみに伯父さんは淋しい笑顔を残します。生々しい時間が押し寄せてきてわたしは溺れそうになります。わたしは初めて聞いた時のように胸に書き留めます。一字一字自分の字で書き留めながら伯母さんと伯父さんの記憶の杭に摑まっています。

川の向こうから降ってくるのは黒い雨です。伯母さんがリヤカーに乗せられて（どこぞ）へ連れて行ってもらった時に　降っていたという雨。火の道を舐め　火を噴く家に被さり　火に包まれた人々を塗り潰し　水を求めた街を叩いた油のような雨。そのためにたくさんの人たちの病気をいっそう重くした雨。静かに耳を傾けるとどこかで今も降っている。夢の続きではない。北国の森の獣たち　南の島の小鳥たち　世界中のおとなしい子供たちの　焼けつく喉に染み透っている。灰の匂いがして　地球上のどんな水よりも苦い雨です。

川の方へ行く伯母さんを引き留めようとして声をかけるのですが　声が出ません。「そっちへ行くと危ないよ」と言いかけて　この世であんな目にあって　それ以上のことはもう無いのではないかと思っていると　伯母さんはまた菜の花を摘んでいます。指でつまんだり　あげひばりが鳴き始めた空にかざしたり　菜の花に埋まってこの世では過ごせなかった一日を遊んでいます。伯母さんが亡くなったのは三月でしたから　こうしていつの間にか訪ねてくるのかも知れません。その証に昨日わたしが川原で摘んだ菜の花が　今朝は壺をこぼれ　畳にいっぱい散っています。

トンネル

ふいに列車が暗い穴に吸いこまれていく
現川《うつつがわ》という駅名が目の端を切れたばかりだ
闇に向かって蛇行するものに身を預け
つながって　ぶら下がって

どこへ行くのだろう　わたし達

地層を焦がす疾風は
貝や魚　虫たちの石の眠りを砕き
無音の砂の悲鳴を巻きこんでいく

色彩を失い　おぼつかなく絡まる時間
列車は小さな広場に止まる
ここは核シェルター？
時代は奥地やアルプスの高峰にさえ
光溢れる虚飾の空間を作っている
けれど　昨日子どもたちの喉に
苦しい灰は残り続け
今日　バケツという日常から被爆する＊
わたしの浅い夢は
ひとりの死者の寝床の低さにも届かない
横臥して見るひとりの空の辛さを

たずねることもないままに
ただ皮膚の間から触角のように逆立つものよ

上りの列車が
灯りをよじらせて近づいてくる
忘れていたまぶしさで
窓ガラスをたたく
どんな希望がすれ違っているのか

トコロテンのように
陽の中に突き出されてみれば
そこは　浦上駅
爆心地のすぐ側にトンネルは抜けている
問いなおしてみよ　と

＊　東海村原発事故

八月の庭

すべる光の蛇が
川原のネコジャラシをなぎ倒していく
あらたに露呈された世界の悪意を花束にして
誰に捧げようというのだろう
子供たちが駆け廻る足もとを
何千回もくつがえしたままで

平和という言葉を耕すたびに出てくる
爆心地の古瓦が
土の下の小さな者たちの眠りを妨げている
今日もどこかから吹いてくる
灰の匂い　戦火の風に
子供たちは喉を赤くはらし
聖者のように発熱に耐えている

（被爆の実体と　戦争の加害と責任
互いの痛みを共有しながら
若い世代にどう継承していくか）
と　訴え行動し続けた　平和運動のリーダー[*1]を
わたしたちは　この春　力尽きさせた
（ふと他人の街へ遊山に出たいと／……／
遥かに離れた街の九日を／
幻影の夢酔のようにして眺めてみたいと……）
身を削るようにして刻んだ詩人[*2]は
今　病の内にいる

人たちの思いが日ごとに薄れ
肉声の途絶えていく庭に
不在の神の骨を銜えて
トカゲが横切る

夜明けの鍵を捜して
ホタルブクロが巡礼の鈴をふる

夕べ子供たちと見た流れ星が
庭石の上に降りている
どんな企てが石を艶めかすのか
水をまくと
未知の星座が現われる
八月の庭に
ヘチマやカラスウリは
青ざめた問いを吊るし続けている

＊1　鎌田定夫氏――「長崎の証言」の会代表委員
　　長崎平和研究所所長
＊2　山田かん氏――　作品「八月」より

十一月――父に

もつれる光が降りたっては
桜の花を咲かせている

あれは　ひとが
誰にも言わずに
抱いて逝ったことばたちだ

ひとり緘黙《かんもく》を貫いた自負と
誰かを大切に守り通した安堵が
季節はずれの高みで
思わずほどけている

わたしの暗がりで身じろぐ気配がする

けれど　世俗にまみれなかった
ことばは
今も死者たちの上にだけ
こぼれるのが
ふさわしい

かすかな花の息づかいが
墓地の寂寥を支えている

間違う駅

あまりに度々間違えるので
親しい駅名になってしまった
駅の外に出たことはないが
わたしがほんとうに降りたいのは
地下鉄のこの駅ではないかとたたずむ

長いエスカレーターに乗る
（大勢の人についていくのは
いつの時代も間違いのもとだから
はぐれることを恐れてはいけない）
人の脳のなかのような迷路を進む
地上へのいくつもの出口は
人が今日一日を生きていくための選択肢だ
遠い記憶へと向かう
ほの暗い階段が見えてくる

駆けあがると　そこはわたしの出生地
小さな空襲がすでに始まっている
住宅地の屋根すれすれに飛ぶ敵の飛行機を見た
若い母の驚く声がする
母のお腹のなかで　わたしの心臓も高鳴る

海軍士官の大伯父が「この戦争は勝てない」と
明言した家
父母は満州に疎開することを
決めたばかりだ
夜　家族が秘密の話をするたびに
わたしも息をひそめ
小さなこぶしを握りしめたに違いない

「炎天に女児《おみな》静かに生まれけり」
窓辺で父が親類にハガキを書いている

乗りかえのホームのはずれ
爆音とともにやってきたのは
時折　わたしの眠りの淵を
走ってくる電車によく似ている

視線

「満州に転勤しなさい
空襲はないだろうから」
大伯父の言葉に追いたてられ
船で大連に上陸したとき
母が一番先に見つけたのは
キャラメル

二歳になったばかりの兄の口に入れてやると
いっぺんに花が開いたような表情をして
見上げた目が輝いてきた
六十年近くたっても
とてもうれしかったという母

昭和十七年晩秋
内地では見るまに消えてしまった品々が
溢れるように揃っていた
ここを外地と呼ぶカラクリ
同じように口を開けているこの国の
大勢の子どもたち
食べさせてやりたい母親たち
見え隠れしながら
きっといたに違いない

波音に混じる鳥の声
よそよそしい大気の匂い
日々変わる喧騒
生れて間もないわたしは　母の背中にいて
その甘い声　喜びの強い鼓動
兄のかん高い声につられて
笑い　手足をばたつかせている

（わたしの子供たちがそうであったように）

母がトントンとわたしに応え
父が気がついて
覗きこみながら頭をなでてくれている
満鉄の特急「あじあ」号に乗って
撫順に行くことになるひととき

一粒のキャラメルに
甘くふくらむ頬に
舌は遠い記憶を持ちはじめ
光と影がさしこんでくる

母の帽子

「あんた　どこから帰ったの?」って　両方で駆

け寄ったのよ。女学校の時の同級生と街でばったり会ってね。一目見て満州から引き揚げてきたと解った。お互いに毛糸で編んだ帽子を被っていたからよ。ソ連軍が参戦した時に女の人達は坊主頭にして　夜は屋根裏に潜ったりしたのよ。女って悲しいと思う悲劇は言い尽くせないほどあった。敗戦後もソ連兵は長くいたし　髪を短く切ることは外地で女の人が身を守る痛ましい術だったのね。だから襟足のところを隠すような独特の帽子だったの。お互いに引き揚げてまだ一ヵ月だった。

「北満　ソ連との国境近くよ」とMさんが言って「私は撫順だった」と言ったら急に「あんた（赤ん坊を）おぶってるのね。何人連れて帰ったの」って聞くから「三人とも」と答えたの。Mさんはしばらく口を閉ざした後「私は三人満州に置いてきた」と絞り出すように言った。「みんな?」とやっと尋ねると「そう三人いた子を三人とも満州に置いてきた」と今度は突き放すようにもう一度言ったわ。でもその後に「どこで死んだ」とか「どんな病気で」という言葉がないの。とっさに私はMさんの中に深い淵を見た気がした。底の見えない淵。どんな光も言葉も届かない　夜になってひとりMさんが潜っている淵ね。

敗戦後も　私達は満鉄の社宅にいることができたの。北から避難してきた社員を受け入れて一家族一部屋になったけど　働いてなんとか食べてもいけた。けれど近くの学校が　北の方から次々と避難してくる人達の収容所になっていたの。私達も蒲団や衣類を出来る限り供出したけれど　間に合わなかったわね。禁止されていた河の水を飲んで疲痢になって次々と倒れたり　冬はマイナス三十度なのよ。飢えと寒さで毎日のように人が亡くなった。後で解ったことだけど　そういう人の数は二十万人を超えていた。火葬するにも柩も燃やす木もないの。(満州まつたけ)を山に取りに行く人に「死体を見る覚悟がないと行けないよ」と言われて　それでもついて行ったら　痩せて骨ばかりの子供の死体を山犬が食い散らした跡があちこちあって　自分がよく気が変にならないできたなあと思う光景ばかりだった。けれど冬に亡くなると山に埋めることも出来ないから　凍って丸太のように河原に転がされていた。寒さに　死んだ人の洋服まで剝いでいるから　恐くて側を震えながら通ったのよ。春になると溶けた死人を今度は毎日毎日一ヵ月近くも河原で焼くの。私たちも手伝ったのよ。どこか感情を殺さないと出来ない仕事だったけど　その煙と死臭が　中国の空を一面に覆っていくさまは壮絶で　世界の終りを見ているようだった。兵士じゃないのよ　その人たちは。開拓団なんて国策で連れて来られた人たちよ。どんなにか無念だったろう。戦争はなんて無残なんだってつくづく思った。でもよく考えると中国の人達もその死臭に耐えてくれたのだものね。文句言われたって話聞かなかったもの。異国の風習とはいってもひどいことよ。

会ったばかりの同級生のKさんもひとりっ子を逃避行の途中病死させて　国境近くの山に埋めてきて　それから朝鮮の三十八度線を越えるのは辛かったと悲嘆にくれていた。もしかしたらMさんの子供さんもそうだったのかも知れないね。でもKさんの話を慰めにしてはいけないもの。どんなに同じような境遇に見えても　ひとりひとり受けた痛みは違うものよ。

収容所では毎日のように子供達が連れて行かれた

の。人間切羽詰まると地獄よ。恐ろしいとか可哀相だと思っても誰もどうすることも出来ないし。子供達は皆お腹をすかせていたもの。親自身が病気だったりすると 日本にいつ帰れるかわからない時だったからね。親が死ぬとその子達はすぐにどこかへ連れて行かれていた。Mさんも売った子がいたのかなあ。中国の人に渡すことは子どもを生かす最後の方法でもあったのよ。残った者を生き延びさせる方法でもあったけれど。本当のことは解らない。でも私からは聞いてはいけないと思った。だって あの苛酷な状況の時に 本当のことって何? その時その時必死で考えて親がした選択は昔も今も本当のことだと私は思うよ。

「ダンナさんは満鉄?」って聞くから頷くと「じゃあ皆無事に帰ってこられるよね。それに撫順は石炭があったからね」と言われて針で刺されるような心地だった。石炭が生命を繋いだのは本当よ。収容所だって撫順はストーブを焚けたからね。Mさんのいた北満の方はどんなにか大変だったろうと 聞かなくても解った。私にも話したいことは沢山あったけど 胸が詰まって何も言えないでいると Mさんは私の背中のTちゃん(弟)の頭をなでるの。ねんねこの中で 気持ち良く眠っているTちゃんを黙っていつまでもなでるの。そこには静かな別の時間が流れているようだった。満州の広野がどこまでも淋しく広がっていくの。だんだん低くなっていく土饅頭の墓や 風に晒された細い骨。そこへ落ちていく赤い大きな夕陽。赤ん坊にお乳を含ませるあの至福の時間も頬を掠めたわ。その時Mさんを包んでいた冷たい気配のようなものが緩んで 淵が少し見えた気がしたの。水面に子供さん達とのどんな日々が写っているのかしらと。Mさんが私の方を少しでも触ってくれ

たら　きっとそこから涙が吹き出していたわ。

「もう帽子は被らなくてもいいよ」ってMさんはきっぱりと笑って言ってくれたの。女学校の時からしっかりした人だった。それっきり。Mさんは　あの帽子いつ頃脱いだのかしら。止まった時をいつ動かしたかしら。歳月は残酷だけど　いつか薬にもなるから　Mさんの淵が澄んできて　周りで子供さんたちが陽を浴びながら遊んでいるような日が　あって欲しいものね。同期会には一度も来ないままだけど　私は忘れたことはないわ。

中国残留日本人孤児の記事を私は丁寧に読むの。あの時Mさんの前で流せなかった涙をいつも流している。もう一度会ったら一緒に泣きたいとずっと思ってきたもの。あの時中国の人に預けていれば　生きて会えることもあったんだと　嘆いたYさん。その時も私はMさんを思った。置いてゆかれた子供の方のことを思えば　親は決して希望という形だけで思い続けることは出来ない気がしたわ。それでも子供を亡くしたYさんには言えないものね。そのYさんも早くに亡くなったわね。

どの子供もMさんの子供よ。KさんやYさんの子供達。私の子供だったかもしれないのよ。どんなに長い間親も辛かったかしらね。心の中で責められ続けてきたと思うよ。でも親達も私と同じ八十歳は過ぎているのよ。だから孤児たちにごめんねごめんなさいね。お母さんに会えなくても　どうか許してあげてねって　新聞の顔写真をひとりひとりなでながら　私はいつも言っているの。

Ⅱ

痕跡

わたしの髑髏《されこうべ》だとわかった
三枚のレントゲン写真が並んだうち
掌が覚えている
なつかしい視線がのびてきたからだ

ガラス窓から射しこむ陽が
診察室に縞目をつくり
髑髏との間をゆらめかせている
見つめるままに近づいてきた
髑髏は

前のめりに押し潰されている私の労苦には
目もくれず
かさぶたのような飢えと痛みの記憶さえ
川音に流してしまう
そのはてに何を見ているのか
ほの暗い眼窩の奥に　吹き渡る百万年の風
わたしの未来の数年はたちまち色褪せ
足もとを葦の原がそよぎ始める
旅人のように捉えられ
わたしは心もとなく立ちつくす

向こう岸では
取り残される予感から
飛びたったアゲヒバリが
春の空を蹴りながら
光の固まりになろうとしている
それを見つけた子供たちが

翼を持ちたがって　駆けまわっている

五感が既得したどんな光景も
七つの穴の向こうに一瞬に吸いこまれていく
死んだ後もわたしのなかで
大切に生き続けてきた人たちが
吐息と共にあっけなく倒れていく
うすもも色の涙をわずかに滲ませて

こんなに近くまで来てしまっているのか
ふいに　エナメル質の影がすり抜けていく
まぶたをこすれば
まぶしく
起きあがってくるものがある

春の雪

身内をめぐる思いが
稀薄になっているのか
窓の向こうを
あんなに小さく軽くなって
死んだ人たちが降りてくるのが見える
天からのびた長い滑り台を
ゆっくりとあそびながら
（いきいきと生きているか）

高層ビルに吊されたたくさんの鏡を
ひとつひとつ裏返していくと
かかわりあった人たちと
そのときのわたしが

笑いあい　涙ぐみ　もつれている
（いきいきと生きているか）

死んでもなお胸に生き続けている人たち
けれど
いることと　いないことの
厳しい時のはざまを
冷たい風が吹いていく

言葉を閉じたはずの
死者たちの声がする
いきいきと　生きているか

駆け寄って外を見ると
視線は白装束に埋め尽くされる
ことはなく
どこに降りたのだろう

父が好きだった
沈丁花の赤い花が咲いている

橋のある街

この街の川は流れない
微熱を含み澱んでいる
だから今日もたくさんの橋を渡る
暮らしの橋　時の橋　いのちの吊橋まで

川面には
緋色や金色の一メートル近い魚たちがいて
鈍い銃口を向けてくる
どんなに虚しい狂気の記憶を孕んでいるのか
傷つきやすい腹鰭は見せないまま
悪寒の闇にもどっていく

高層ビルの周囲に渦巻く
怒濤のような風
一歩踏みはずせばどこだって崖だけれど
無機質な欄干が
支配の手をすみずみまで広げ
すでに街全体が
川の上に浮かんでいることを隠している

見上げると　空を搔いて
飛行機雲がのぼっていく
わたしを地に残したまま
希いだけがあんな所にか細くのびていく
夜でも見えにくい銀河に
かすかに届こうとして

陽が翳るたびに
渡り終えた橋が消え
そこにないはずの橋がかかっている
潮が満ちる時刻になっても
ついに逆流も起こらない街

カルスト高原には

古生代の羊たちが身をかがめている。すすきの茶色の穂波　せいたかあわだち草が　獣のしっぽのように見え隠れしている草原で。

長い間　夜になると眠れない羊たちは歩いてきた。滾りたつ地下からの噴火。落雷と海鳴りの続く日。丘をどこまでも巡った。何千頭もの羊たちが　不安と恐怖で夜通し大地をゆさぶった。(東洋象やナウマン象　トラやオオツノシカもいた)

鍾乳洞で岩盤を穿っている地下水の雫。あれはその時　亀裂に呑みこまれた象や羊たちの涙だ。澄んだ響きに胸が痛く共鳴するのはそのためだ。

羊たちはどんなに希ってきただろう。大地が穏やかに落ちつき　草や花で蔽われる日々を。いま季節は緩やかに巡り　草木は根付き　多くの生き物たちの足音でいっぱいだ。（ここには一千種にも及ぶ植物　自生の桃の木　珍しい動物も限りない）伸びやかなヒトの笑い声。草花の実が弾ける音。風が花びらや草の葉と　擦れあい交歓するときの賑やかな私語。鳥や虫たちの鳴き声。それらが音楽となって　羊たちは心地良く耳をくすぐられている。祈りはようやく少し聞き届けられたと。

朝露が降り始めると　そこで膝を折りたたんできたが　それから角《つの》が溶け　手足も目も口も　耳だけを残してやわらかく消えてしまったことを　もう岩になるほどの長い年月が過っていることを羊たちは気付いていない。

秋の陽ざしにまどろむ　その銀色の丸い背を　雲の影がいくども労るようになでていく

数字の4は

私は一本の木の上に
夢想の室を持っている
片屋根に光矢と潮風をすべらせ
星降る天窓をひらいている

初心に輝く1
7は喜びと希いに選ばれる

２と８の親愛なる均衡
６と９のとぼけた保身
軽やかに動き廻る３と５の間にいて
誰にも呼ばれない耳を
ひとり涼しく　海に向けてそよがせる

死を深く閉じこめて
濃密な気配が漂う不在の室
ひとは　見えないはずのそこを
素早くとばして歩く
気づかないふりをする
危うい視線を遠くに結ぼうとして

けれど数列の狭間にふいに落ちていく０
世界の出口のような０が見える日は
自らの痛みで刃になっている
数字の切っ先もかなしみによって磨かれる

饒舌な闇夜に刃は冴えてくる
まといつく糸を払う
隠された理不尽な史を切り開く
たったひとりの史をたずねる
多様な詞をさぐる
氏を問わず　師とめぐり会う
志が泣く　子が笑う

それでも誰の終りも納得などできないから
今日のように晴れた日は
ノートに書かれた端から
小さなほかけ舟になる
死と私から解かれた空と海の青さに
どこまでも

五月の風

風が扉をたたくと
大きなコナラの樹から
街が見えてくる

どんな言葉に
親しく葉裏を返しているのか
どんな記憶が
はるかな街をめざめさせるのか

風にひび割れた葉群れの間から
昔　住んでいた街が
あわあわと　立ち現われてくる
声をかけようとすると

またたくまに　つなぎあわされ
素知らぬ深緑に閉ざされていく

しばらくすると
どこから走ってくるのか
ざわめく気配にゆり動かされ
また扉はひらく
燃えるような街がよぎる
すぐに　夜の街に変わり
溜めていた光を
ひしめかせながら消えていく

戻ってみても
あの街は　もうどこにもないだろう
わたしのいない日々
わたしの知らない陽と陰が
降りたっているだろう

歳月のようにへだつ　池の向こうで
コナラの樹は　くり返し
ドラマを描いてくれている

泣く樹

ひび割れた木肌のどこかに
おだやかな耳がついているのか
樟の巨木のそばに立つと
わたしのなかから溶け出していくものがある

涙を詰まらせて胸が痛かった
声をあげたらいっきに崩れてしまいそうで
肩で息をする
おさえ　しずめようとする足もとに

ふっと樹の影がのびてきた

まるくふくらんだ樹の内側は
希いを持つひとのこころ
不安なひと葉ひと葉
静脈のようにめぐらされた枝
そのあわいを
陽と風を求めてのぼっていく
痛みの先端に噴きあげられる若葉
だから幹は呼吸のたびに芳香を放ち
梢からやわらかな光をちりばめている

わたしはひととき包まれ
息をととのえさせてもらうだけで良かった
ひとこともぶつけるつもりはなかったが
聞いているよ　と樹の低い声がする
寡黙な小花を落としてくる

どこからともなくハラハラと
ときに激しくひとしきり
わたしの胸を吹き荒れる驟雨を
共に浴びているよ　というように
白い花は
樹の湿った影のうえにも降り伏していく

水難

大叔母さんの家の天井には
魚が棲んでいた
山の麓の堰が壊れた
大水害の後からだから
あの大谷池の魚が紛れてきたに違いない
一匹　二匹　三匹
主《ぬし》のような魚はゆったりとしていた
夜になると　わたしは
従妹と一緒に数えあいながら
夢のなかへ泳いでいくのだった

ゆらゆらと魚が抜け出し始めたころ
また大叔母さんの家は水害にあった
今度は小学校の側の溜め池が氾濫した
夏休みの終りの日
同級生の弟さんが沈んでしまって
お母さんが名前を叫びながら
走り廻っていた池だ

天井の魚はいっぺんに増え
小さな鮒やドジョウに似ているのもいて
溜め池の魚たちが潜んできたのは明確だった
夜中に目をさますと

涙でくもった水中で
弟さんとお母さんが声もなく呼びあっていた
魚たちの透明な骨があやしく光り
たくさんの目と鱗が舞いながら
枕もとに渦巻いていた
こんなときに従妹は
どうして眠っていられるのかと思っていると
どこからか
おや　泳いできたのかい　と
心配そうな大叔母さんの声が聞こえてきた
魚を獲ってはいけないよ
無駄な殺生をするもんじゃないよと付け足すのだった

従妹が越していき　わたしも泊まらなくなると
もう誰も呼び出さなくなったせいなのか
魚たちは深くもぐったまま
疲れた目を少しあけて
天井にはりついていた

夏の日

思わず足に当たった空缶が
ころがっていく
誰もいない昼下りの坂道を
きままに　遊びながら

これ位の傾斜は大丈夫だよ　と
はずんで木琴を鳴らしていたものが
いつのまにか
がむしゃらに急ぎ始めた
高く飛び上がる音のあと

ふいに止まる鈍い気配
あわてて追いかけたが
缶はどこを捜しても見つからない
坂道にはかげろうが立ち
消しゴムで消したあとのような道が
遠くまで続いている

けれど夜明けの夢に
傷だらけになって降りていく缶が見える
空缶はわたしを置いて異界まで越えたのか
どこだったか思い出せないあの坂が
すでに異界だったのか

あれは空き缶などではない
わたしはなにを足蹴にしたのだろう
たとえば魂のようなもの
それにしては
爪先ひとつ痛むこともないままに

冬の地図

風は思いがけない所から吹いてくる
交差点の多い街に住んでみるとよくわかる
夏に吹き荒れた風が戻ってきて
足もとをすくう
秋に背筋を流れた冷たい風に
また立ちくらんでいる

建物《ビル》の谷間
多角形に切り取られた空間から
陽が射してくると
少し前まで住んでいた街が
路地の奥にシャボン玉のように浮かんでくる

翳ると
さらに遠い街で
坂道は傷口を見せてくる
鳥の叫びに似た痛覚が
桜の裸木をゆさぶっている

さびしい風が吹かない所なんてどこにもない
耳元を騒ぐ葉ずれの音にせかされ
保身の襟を立てても
横に曲るか前に進もうか　と
こんな小さな交差点で迷っている

遠いとはどこからを指すのだろう
ぼうぼうと音をたてる時間の向こうに
置いてきたわたしもまた
途方に暮れている

冬の獣

息をするたびに
胸奥から剝がれていくものがある
夕暮れの錆びた海のような部屋
射しこむ金色の光につらぬかれて
一匹の獣の姿となっていく
無垢の狂気が瘦せ
毛並みが白く色褪せているのがわかる

季節の熱い痛みに水を求めて
走りたがる者に
とまどい　たじろぎ
それでも道を譲りあってきた
足もとを緑の草がそよぎ

頭上の星や赤い木の実が音符になるとき
わたしを飲みこみ
原始の記憶のなかへ亡ぼそうとする遠吠えに
幾度おののいたことだろう
わたしも同じ生きものの匂い
同じ声をふるわせながら

満月に枝を登りつめるという
かたつむりは
それからどこへいったのだろう
わたしから立ち去ろうと身じろぐ者よ
現《うつつ》という夢をひきわけて
日ごと崩壊している崖
そこを越えるときのさりげない和解
美しい跳躍をやきつけて
月との交信を終え　潮とともに
静かに沖へと退いていくのか

欠落の岸辺でひとり
尾骶骨を隠しても
内なる声はどのように携えていけばいいのか
ともに過ぎた日を深く刻んだ掌を
そっとふる
もう気配だけになって遠のいていく者へ
わたしは思わずお辞儀をする

詩集『水琴窟の記憶』（二〇〇九年）抄

牛蒡

わけのわからない
悲しみが
やわらかな記憶の土からのびてくる
手放せば歪むばかりの感情は
目覚めて一途に逃がしていくしかない

これは忘れていた病根
独善のひ弱な鎖骨だから
ゆっくり身をほぐし
息をながく吸ったり吐いたりして
もう一度
血と歳月をかけて収めてきた位置に
押し戻そうと思う

あっけらかんと竹トンボを笑わせる青空と
対峙する地底もまた
辿り着くことのない豊饒な迷路
どうすることもできないほどの自在
おどろおどろした
ひとの脳裏にはない緻密な闇にそって
自問の足先を降ろしていく

けれど　込み上げてくるものを飲みこむことの
どんな力なのか
ひそかに育つものがあるらしい
貧しくまつわる泥を落とし
尊厳の皮を薄く削げば
ただ　引き裂かれまいとして
ひしめく断念の

なんという真白さだろう
なまじっかな保身のアクは
冷たい意識の水に晒して
肉眼で
コリコリと　コリコリと

えんどう豆

耳の奥のような地下道を抜けると
空は高く吹きあがっています
陽ざしを集めた板塀に
白い花は二分音符　全音符
丸い葉は十六分音符まで
目覚め始動した楽譜から
しきりにピアノの音があふれてきます

会いたい
会いたくない
青くのびやかな指がひいています
生々しい思いを表に出すなんて
そばから　たしなめる笹の杭ですが
どちらも　ほんとうの心だからと
半分は見ぬふりをして支えています

気になる巻きひげの素振りです
あれは　結ばれたいと言葉にしたとたんに
途切れた　電話のコード
自分に引き寄せて初めて気づいた　疑問符
ぼんやり　とめどなく　遊びたがる
わたしの怠惰な習性とも似ています
このあやしげな精神は
きっと装飾音符になって

しなやかに　飛んで見せる力です
時折ひっかかるメロディーは
顔を見せないまま行方不明になった
川
三月の処刑場だった
学園駅
やさしい毒か　過剰な光を浴びたというのか
ふいに　裏返る　街路樹
会いたい
会いたくない
メンデルを惑わせる試験管の中の夕焼けです
ツタンカーメンの赤い豆が
わたしの貧しい食卓を染めてくれます

へいわです
なかまです

二本指を突き出した写真のように
思いは色褪せ　四分休符となり
混沌と過去を肯定していく手ざわりです
日ごとに実を求める暮らしの思想です

会いたい
会いたくない
首を傾げ　目はねじれて
わたしはどこまで行ったのでしょう
演奏会は佳境です

白菜

白菜がひと株
遠い町の
新聞紙に包まれ　やってきた

一枚剝ぐたびに　たじろぐ朝がある
濃緑　萌葱　浅黄色
せめぎあい　口ごもる日の底の
暮らしの芯の　きっぱりと白い
変わらぬ背筋を示している

知らないふりはできない
生きてきた足もとを
打ち消すような瞬きはしたくないと言った
この冬も
霜が降りた後の引き締まった甘さだ

さりさりと
湿った因習をはじきながら
望まれれば　どんなものとも折りあっていく
じゃまをせず　なじみ
くたくたになるまで寄り添う
しなやかな尊厳の歯ざわりよ

遅れがちな身を自ら引っ張りあげ
丸ごと差し出すのは　どんな密約なのか
あの国の庭先の甕　この国の三和土の樽で
地を這う女たちの腕と腰
一日を繋いでいく底力に
仕込まれている

新聞紙に土がついている
しわをのばすと　指先から
里山の冷気がしみてくる
誰かに話しかけたくなる畦道の向こう
畑一面に　物語は
寡黙な祈りを結んでいる

とうもろこし

はたと向きあえば　それは
満面の笑顔であった
美しい歯並びは
克明に積みあげられた千のことば
緻密な文体を持っている

三行いっぺんに読みかじると
日向の匂いは　あふれ
猥雑でなまなましい歯ごたえ
舌が耕す感情の
思いがけなく開かれる思惟の地平がある
そこから唐突に飛び出してくる単音は
認識以前の喜びであろうか

さらに三行をむさぼり読む
九月の青空の直角に荒い歯型をつける
いつの間にか沈黙している恐怖がある
ひとりの悲鳴と生涯
いつくしみとかけがえのなさを
忘れ惚けているわたしの強暴な前歯である
他者には見せられない
なにもかも投げだしている
なんと　不埒なお腹のよじれかたであろうか

ようやく　繋がり響きあう黙読に
一語を疑う孤独を試されていく
行間のすれ違い　ずれていく真実
怪しいひと粒の旨さ
混沌とした内部の錯綜が
今も鍋で煮られている世界であった

身を粉にしたものに
許されているわたしがいて
どんなときにも胃袋を持つ　悲しみと滑稽さ
さらにその隙間を埋めているのは
爪楊枝のいる羞恥である

食べるとは　空っぽになること
外から内へと入れ替わったものたちに
笑いのめされることでもあるらしい
こんなにも無残に
あっけらかんと　口をあけて
とうもろこしとわたしは
どこへ超えていこうとしているのか

にんじん

とても　うれしい
そう思うことが　恥ずかしく
鏡の裏で　そっと
つぶやくからだをのばしている

けれど　花はうわのそら
発熱する波打際のように
地中の高鳴る鼓動と
精密な血管図を白く浮きあがらせている
おとなしい葉をさそって
うふふ　うふふ
喜びを踊らせている

だから甘いのだろうか
遥かな空を見あげる　うつむく
痛みに瞬いたあともなお
夢の芯に　陽をのぼらせて
やっぱり　朱い

蓮根

思わず　肩から息を吐く　痛みの根がある。そのたびに　小さな決意をする。少しずらしきっぱりと譲りあいもして。わたしの胸奥には　ストローのような穴がいくつもある。

軽さに飛ばされそうな日には　立ち止まって　沼に着地する。猥雑な沼は　生きていること　死んでいることの地層も　ぬらぬらと曖昧な親しさに満ちている。

幼い頃に住んだ町の人たちとも会える。探した山の数と記憶のボタンのような石を　見せてくれていた山師のYおじさん。今は噂ではなく身体まで澄んでトンボの羽をつけている。相変わらず　いたずらっぽい目をぐるっと回しては　何かを見つけたというしぐさをする。働き詰めで背も腰も曲がっていたKおばさんは　広い葉の上で水玉と転がりあっている。祈る手の形に膨らんだ蕾が水中をぐんぐん伸びてきて　いつ音をたてるのかとこの世で持てなかった楽しみに　微笑を向けてくる。（未だにわたしを遊ばせてくれるというのか）

葉陰に寄り添っているのは　近頃ようやく再会した父と母だ。想いをかけてくれたこと　思い止まって　決してわたしには言わなかった言葉が　あの世の際で泡立っている。すると　ばらばらに残っていた思い出が　一筋に繋がっていく。（ああ　そういうことだったのかと今頃気付くなんて）

張りあう緑の側にいるだけで　立ち枯れる狂気の残滓に　死者たちのおだやかな目と受容の水輪が　繰り返し線描されていく。わたしの方へ　眠るように　ほどけてくる。（これほど熱いものを手渡され　どうしたらいいのか）

今朝　わたしは警笛とともに危うい水飛沫を浴びてきた。これが初めてではない。逞しい腕が　どのあたりまで掘り進んできているのか。もつれあう予兆に耐えて花は咲いている。

芯のない眼ばかりの空間を　縮めたり　ゆるめたりして外を覗いてきたが　わたしは紛れもなく透けてみられるらしい。

肉声の風が　シャリシャリと　シャリシャリと。

朝の科学

鍋に大豆を入れ　水を満たすと

のっぺらぼうに足が白々と見える
二時間で河と湿原は消え
いっせいに這い上がろうとする気配がある

生々しい記憶がじわりと動き始める
水があれば　澄んだ水さえあったら
（息を吹き返す　忘れることができた）

あわててゆすれば　泡立ち
誰かに似たしわぶきが洩れてくる

昨夜　ひとりのひとの[*]　大きな目が
叡智を極めるたびに
眼奥からまぶしい光を湧かせ
伝え続けているかと　問いかけてきた

たじろぐ　わたしの　暮らしの朝に
のっぺらぼうたちは
芽になろうとした力で誰かを悼んでいる
聞いてくれる耳があれば
ただ　静かに寄り添ってくれる耳さえあったら
（胸を開いた　怒りと怖れを吐き出した）

尊厳の薄皮は　はがれやすく
百年　千年の傷口はあっけなく割れる

地球儀の芯のような
この空腹の密室で
身じろぐものたちがいる

自分に言い聞かせるような声がしてくる
目鼻がついてきたのだろうか
ぼつぼつ　とつとつ　そつそつ

＊　鶴見俊輔氏

蕎麦

思いがけない喜びの種が
掌に数えてみたいほどのってきた

触れあうたびに　ざわめく

小さいなりに意志の角《つの》を持つ
これは　とてもやんちゃな手ざわり
天地をひっくり返す　夢見る力だから
爪を丸くした指先の
両手を添える日々に戻っていこう
蒔けば　貧しく荒れた大地に
まぎれてしまう鼓動は
身を低くかがませて聞きたいと思う

霧を吹きかけただけで　一大事
身震いしたらしい
たっぷり濡らしてやれば
たちまち怪しい息吹き
頭上の渇いた思念の闇に
朝ごとに　粘り強く反問してくる
くねり　よじれ　むずがゆく　しぶく
根は身の内の千年の記憶をさぐっている
ひもじく傾斜する
世界の予兆を泡立てている

どんな応えにうながされたのか
軸足はここしかないとのびていく
七日で七センチ
ただ　ひたすらな希い
ヒトの赤ん坊の肌ともよく似た薄桃色よ
帽子になった種ガラをようやく脱いでいる

双葉はさみどりの
初めての目でもあるから
まぶしく　見つめあって
ハハ　ハハハ

月下美人*

包んできた光を　ほどき
いまか　いまかと待っていたひとへ
ほほえんだ

幾重にも閉じていた自戒の　鏡の扉を
深まる闇へと　恐れつつ押し
偲ぶ契りに　みちびかれて
魂の　落下の河を渡ってきた

見つめあう　初めてのこと
湧いてくるあつい想いは
共にまぶしい
満面の笑顔となっていく

それから　健やかに　すきとおる声で歌った
はるかなるものへの
ひたぶるな　あこがれと
裏返ってくる　さびしさについて

寿ぎ　いつくしむ　ひとのことばに
身じろぎ　やがて
かがやき　めくるめき　じしつし
またたくまに己を立てなおす
ひともまた
一度も触れることなく　それに耐え
静かに耳を傾ける

甘い香りに　とけあって
のぞむことは他になにがあるだろう
消えかかる刻を惜しんで　まばたかず

終いには　まなざしだけになって
互いを身の内に焼きつける

真夜中のこの秘めごとは
忘れもしない七月十一日
この世の出来ごとであった

＊月下美人——サボテンの花

名を呼べば

名を呼べば　いっせいにふり向く
立ちあがる
花群れにそれぞれの名札がついて
菖蒲園の花は　別の顔を見せてくる

わずかな変異に名をかぶせられ
名付けられて物語は生まれてゆく
名を得て個は際立つ
名に惑わされる　因われる　閉じこめられる
歓喜させる名の狂暴
名というフィルター

名の予感を裏切ってみよ　つぼみ
名の逆説を咳きこみ
何か違うと声をあげて

かすかな風に泡立て　花よ
新しく広がる驚きに発熱し
理不尽さに凜と抗って

名を誤読してさえ震える魂がある
見つけただけであふれる涙がある

田園に降り注ぐ星にあこがれ
どのような時間をめぐらせてきたのか
よじれた花が落ちたあたり
アメンボウが自在の輪を描き
小さな魚影が謎の文字を走らせている

園の外を川は流れ
ひと晩の雨で混沌の中にある
ゆるがす水音に
言葉もなく飲みこまれていく名の行方
川は欠落の野を蛇行している

天の鈴虫

気づいてほしいと
長い触角をゆらしている
遠い町の線路に墜ちた
まっ青な悲鳴を
夢の草むらへと
一瞬掬いあげてくれるキミよ

湧きあがる思いを
なんと呼びかければいいのか
淋しさに静まりかえる夜
振りむかないキミを　ただまじりけなく
コリコリと噛み切る幻にふるえている

むなしい言葉のはばたきを
夜には音色にかえてみる
思いはすすがれ　すきとおり
初めて分け入ってゆけるこの世の深淵だ

翅をひろげても飛びたったりはしない
地を這うばかりの混沌の日々
キミだけを置いてはいけない
(たとえ錯誤であろうとも)
まだ夏の暑さが残っているから
一晩中　風を送ってあげる
音色をさらに絹糸のように磨いて
ボクらの物語を綴じあわせよう

けれどいつのまに
キミの息の根を止めてしまったのか
自在の沈黙の隙間で
いとおしさと激しく結ばれる火花のめまい
足もとに散らばる悲鳴の針
現を耐えてきた自らを裏切り
何よりも　キミがいない世界に
ボクは残ってしまっている

呼び鈴が近づいてくる
すり切れた翅の
ボクの日めくりの尽きるところ
どこにも戻れない闇が見えてくる

キノコ浄土

大きなひと株のキノコを食卓に置くと　たちまち唄と息吹を孕んでくる。幾万年と湯浴みしてきた怪しい陽と陰を燻らせ　高い屋根　低い軒が寄り添う港町の集落になってくる。三月の風にめくられて　ひとも繰り出している。

船小屋　船溜り　大漁旗　をめぐる潮騒は　小さな魚たちを跳ねさせながら　こんなに少しずつ違

う波音を奏でていたのか。二羽三羽とトンビは浜辺を舞い　なか空に　のどかな横笛の楽譜を組み込ませている。

（いわ《〔鰯〕》しゃいらんかね――）おばさんの売り声が　朝の路地をゆったりと開いていく。門の前で待っている前かけ姿の女たち　その算段や慎ましい好奇心まで伝わってくる。土塀の辺りを出たり入ったりしているのは　少し前にあちら側に逝った母や幼友達ではないか。あの笑顔あのしぐさ。目をこらせばひとはいつでも　こんな所に戻ってきているのがわかる。

入り江では舟大工が木を削っている。組立てる音を囲んでいるのは老いた漁師達の日焼けした腕だ。無言の知恵の伝承だ。少し先を歩く者たちが　時折傘のように　天にかざして辛苦を加減してくれている。鍛冶屋の前では　力をこめて打たれるリズムと　激しく短いこの世の星を　誰かれとなくのぞいていく。目に見える手仕事の活力と誇りは　ひとの胸を共鳴させ　素朴に生きていく励ましとなっている。

貝塚遺跡　鎮守の杜　武家屋敷通り。やわらかな陽の帯は幾筋ものびて　町の細部まで目ざめさせていく。寂しさや哀しみは　どこに眠っているのか。希いの強さにひととき　世界の不安と混沌は高みへと巻き取られ　陽はただ透き通っていく。道端には　賑やかな草花が芽吹いている。方言や漁師なまりに武家言葉。子ども達は小さなうれしいことによく笑う。わたしの子ども達によく似た後ろ姿も混じっている。どこかで赤ん坊が力いっぱい泣いている。それらは大人達を立ち止まらせ　喜びの種になっている。少女が弾くピアノの音は白もくれんや菜の花のまわりに　多彩な光の粒子となって戯れている。トカゲを掌にのせ　その背をなでている幼い子は　陽にかぐわしく温められ　木に登る少年は夢見る力で　どんな合図と手触りを確かめているのか。鼓動が聞こえる。生命の背中がよく見えてくる。わたしも誰かに呼ばれたような。あっ　仲良しのふたつの影が自転車ごと田圃に転がった。

遠い半島の外れ。トンネルをくぐってまだ向こう。八ヵ月ほど　わたしが住んだ町によく似ている。誰の計らいなのか。食卓の荒野に降り立ち今　三十年後の光に危うくゆらめいている。

静かな橋

橋がある
人の手でひとつずつ組まれた旋律の
ゆるやかなアーチを持っている
風もないのに背骨が軋む夕べは
暮らしから少し回り道をして訪ねていく
すると　眼裏の森から
一筋の道となって
遠い記憶の谷へのびている

橋が　浴びている光をそのままに
乾いた靴音となって響き返してくれる日
そこにいるのは　少女のわたしだ
(ほんとうのお母さんなんてどこにもいないよ)

ぬかるみの底から
やさしい嘘に塗れた声が湧いてくる
しばらくすると何を超えたというのだろう
野花を摘み　せせらぎの音に包まれ
幾人もの母に出会ったわたしが戻ってくる

雨上がりには　なぜかはっきりとする向こう側は
一度も住んだことのない街並が続いている
だから橋が　思い出とだけ
繋がっているわけではないらしい
たもとから広がる川面は
ごく普通に
近くの建物を逆さに林立させている
暗渠へと続く現の水路に
アメンボのような水脈を曳き
早朝から汚物の運搬船がいく
春には　狂気の残像を漂わせて
花筏が　さびしい夢の輪郭を消している

ここを渡らないと行きつかない　と
思い詰めるときがある
橋は　そんな日に限って陰り始める
おぼろになり　追うほどに退いていく
ついには隠れて見えなくなる
あとに残された空いっぱいの茜雲に
ひび割れた胸を染めながら
わたしはそこで動けなくなる

それでも　どんな手が届くのか
夜には　小さな灯火がついている
足もとをかすかに照らしてくれるから
ここは　どこなの　と
わたしはまた　歩いてゆける

別れ

すべりおちてくる　ゆうぐれを
ささえる　かすかなあかるみが
はは　の　め　の　おくで　とまっている

ことしのはなが　ちってしまった　あと
とりがとびさった　なかぞら　の
しん　と　した　けはいがただよっている

とおくへいきかけて　つめたくなる
その　て　を
にぎれば　わずかに　にぎりかえし
ほねばかりの　あし　を
さすれば　やわらかく　み　をゆだね

ともに　たどってきた
はくひょうのみちが　と　ぎ　れ
もはや　どんなことばも　とどかない
がけっぷちの
うつろ　が　のぞいている

ながいとしつき　ひとりでたえてきた
はは　の　ていねいな　むねのうちは
つくろいようもなく　やぶれていき
かぜが　おとを　たてはじめている

きのうまで　わたしをさがしては
その　め　の　なかに　いれ
このよへと　つないできた　きずなを
いつのまに　てばなしたのか

とじた　まぶた　の　うらで

なにか　が　ゆきかっている
だれ　に　つつまれたのだろうか
おだやかな　かお　に　なっていく
さいごまで　くりごとを　こぼさなかった
くちもとを
もくやくのように　むすび
はは　は　いった

橋に灯りが

夕暮れになると　小さな橋に灯りがつきます。連なる火群れは　足元にまつわり　やわらかく照らしてくれます。大丈夫だよ　と　誰かの微笑に似た点り方をしています。

それでも渡る時に足がもつれるのは　岸壁に刻まれたレリーフの木舟が　ひそかに動き出したせいでしょうか。積んでいた米俵や野菜の荷を降ろし　夜はなおさら眠ったままの川面を　ゆっくりと滑ってゆきます。この先は暗渠になる分かれ路があるのを知っているのかしらと　声をかけたいのですが　声が出ません。

誰かが乗って行ったような気配が残っています。少し前に逝った母に　言い残した言づてがあったと　胸が詰まります。その前に亡くなったひとに　聞き忘れたことがあると　手をのばしたくなります。このごろ身辺間に合わないことばかりが増えています。

ふらふらと橋へ来て　わたしは向こうの町にどんな用事があったのかしら。昼間見た槐の花がほの白く眼底でゆれています。木ヘンに鬼という字を

確かめ エンジュと呼ぶ花を初めて知ったのです。けれど高く繁った樹に 青白い鬼女の姿はなく 赤ん坊の笑い声を思わせる花が 咲きこぼれていました。
初めて見る花 出会うひと ささやかでも知ることの驚きは わたしがこの世にとどまるのに まだ充分な理由なのだと わかってきます。

それにしても この世の境にあると思っていた川が わたしの暮らしの こんな近くに流れていたなんて。暗がりに浮かびあがる橋の向こうで誰かが手をふっています。わたしは身近なひとたちが死ぬたびに 取り残される哀しみを抱いてきたのですが 今夜は わたしがそのひとたちを置いてきたのでしょうか。

七並べ

しちならべ と つぶやけば
今は誰も住んでいない田舎の家の
ひとつの部屋に明かりがともる
おおきな掘り炬燵の回りに
十代後半の従兄たちが集まってくる

人数が多いのでトランプの持ち札は五、六枚
変則ルールも加わり 場面はいつも
新しい光と陰が錯綜する
持ち手の精気が移るのか
スペードやダイヤは 置かれたとたんに
覆面に槍を持って立ちあがる
誰のしわざか クローバの崖に行き暮れる

伏流水が　ふいにハートの川になっていく
めくれやすい迷路　すり減った石畳
逡巡や反逆の痕跡は　たちまち塗り潰され
古びた四つの城がそびえてくる
憂い顔の王様たちを幽閉させて

つつかれ　目配せしてくれる
頼りないわたしの直感である
罰ゲームは手を重ねていって勝者がたたく
ぐずで最年少のわたしを
誰彼の掌が庇ってくれたりからかわれたり
祖母が昼中かかり炒ってくれたアラレは
いつのまにか消えている
時には　お寺の境内の夏みかんを盗ってくる
（ご隠元さんはちゃんとご存知だった）

夜ごと多彩な物語を織りこみ
共有の領土に王国をうちたてる
果敢な作業も
十二時の柱時計が鳴るとピタリ
伯父が電灯のひもをひきにくる
どんなに佳境でも不文律
誰も明かりをつけなおすことはできない
その春休みが終ると
遠くの学校へ　新しい職場へと
従兄たちは羽撃き散っていった

しちならべ　と　よびかけると
ゆっくりと近づいてくる明かりがある

草の行方

坂の上で誰かがわたしの名を呼んでいる。行こうとして少し走るだけで　血はよく巡り　先に駆けていくのは　幼い日のわたしだ。けれど　やわらかな記憶のように草がのびてきて足元を縺れさせる。立ち止まり　どんな時も一歩ずつ探っていくしかない。草はらには虫がいる。泣きたい子ども　泣かなかった子どもたちの魂に代わって　羽を打ち震わせている。

ひとは民草と呼ばれ　幾度も踏まれてきた。風にゆれなびくだけで　巨きな足と重い靴が現われた。なぎ倒されては　時代という名で塗り潰されていった。一本一本に名があることなど　容易く忘れられて。

遠く異国の広野を無蓋車がいく。飢餓にムチ打たれ朱い夕日に追われている。布切れで結わえた柵の中で　荷物のように乗っている草の親子。虚無の裂け目へ振り落とされまいと　母親にしがみついているわたしたちである。さらに　荒れたコーリャン畑からは　その国の草の子どもたちの視線も　突き刺さってくる。

地続きの大地に今日も　小さなテント村から　飢えた子どもたちの吐息が聞こえてくる。何ひとつ避難できたとは思えない　骨ばかりの幼い者たちの虚ろな目。笑わない子ども　泣く力さえない子どもをかき抱く　草の母親たちの　か細い腕よ。

術もない草はらは　からむ。今も　うねる。よじれた坂道を案ずる声が　再び渡ってくる。死んだ母生きている母（生きてもの言わぬ父死んでしまって聞きようのない父）世界中の父と母がひとりの母となって手をふっている。理不尽に死な

せた子ども　希望となって生き残ってくれている
子どもを　あつく呼ぶ　あれは草の母親の声
だ。
これは夢ではないから　ひとりの子どもに戻って
応えることができる。お母さーん（お父さーん）
お母さーん（お父さーん）。手をふりながら駆け
寄ると　そこにはドクダミ草の白い花群が祈る言
葉になって咲いている。

いちょう並木

何も取り戻さなくてもいいと思うほど
空が高い日
並木道に入ると
向こうから少女が歩いてくるのが見える
それは　朝から黄色い靄に包まれ
教科書の扉に
樹々は仁王立ちして現われてきた
けれど　学校帰りにそこを潜って
毎月　あの用事を
なぜ自分がしなければいけないのか　と
少女は一度も疑ったことがなかった
突き詰めればなにかが壊れてしまう気がして
嘘と悪口にまみれた人に頭を下げに行った
暗い穴蔵のような奥に
この世では会えなくなってしまったひとが
少し前まで座っていた机と椅子が
ひっそりと点っていた
横目で　そっと　なでながら
絡んだ事情にも　おじぎをしてくる役目
足元がもつれ　ひと色に波立つ川瀬を

どう掻き分けて帰ったのか
誰にも思いのままを告げてはいけない処に
夕暮れには辿り着いていた

少女は　今　その葉を
ていねいにひろっている
それぞれの形の違いを確かめている
つむじ風に　降りしきる日々の
乾いた音に耳を傾けている
それから　近づいて　すれ違い
ふり向くとそこには
影さえもなくなろうとしている

編みもの

手をのばせば
少女の日から転がってくる
毛糸である

ひと目ずつ
種を植える手つきで立ちあげる
畑のように一列ごとに見えてくる形
かすり　走らせ　したたらす色
危うい記憶を見捨てず掬いとり
こぼれてゆく暮らしの手もとに
まなざしの通り道をつけていく

理不尽な時代の荒野を
不器用に生きた父と母の草の上
もつれたいのちの糸を
ていねいにほどいては
いまさらどんな言葉も追いつけないと
微熱のままくぐる深海である

丸裸になって差し出してくれた
獣たちが親しく匂い
辺境の谷間で
羊飼いの少女の胸もとをなぐさめる時間が
わたしの編み棒へとつながってくる
ぬくもりである

けれど　時に
怒りや悔いをなだめる術
誰にも言えない秘めごとの
やましさからめた指先だから
情念のうつろな暗がり
掌の屈託の森
運命線と感情線の交わるあたりから
たぐり寄せればとめどなく
明滅する灯りだから

今日は十二センチも編んだところで
これで　おしまい

光る窓

梅の花が　今朝
若い呼吸を始めている
その吐く息の真白さにうたれ　ゆり動かされ
枝と枝の直線の間から
二両仕立ての電車がやってくる
獣のように荒く近づいてくる

あの車窓からは
三月初めの日本海が見えてくる
言い訳を受け付けない断固とした黒さ

打ち寄せる波の鋭い叫び
凍える木々の断片　引き裂かれる風の音
立ち止まれば　たちまち巻き込まれ
吹きちぎられる沈黙
抗い難いこの錯乱こそ　わたしの
初めての旅の行く手だと思えた

身近な者たちの喪失を諦め切れない
蹉き断たれた進路は認めがたい
いたわられ　励まされることさえ
十八歳のわたしをぐずぐずと打ちのめす
けれど　左側に続くおだやかな山並みの欠如
淡い雑木林　さ緑に芽吹く野の混在へ
折り合うことはできない　と

世界に向かって憤り　のたうつ力
その反動で　かすかな展望にかえていく

あの電車

乗っていたはずのわたしは
ここにいて
電車は汗のようなものをしぶかせ
歳月の草原を一枚の画布にして
いま　横切ろうとしている
中には　わたしではない若いわたしがいる
動悸でくもりがちな窓を
あのときと同じ目で光らせ
わたしを見ている

水琴窟の記憶

闇になりきれないものが
ゆっくりとめぐっている

もう見届けられないはずの
夜明けの気配を漂わせている

耳ひとつになって寄りそえば
しずくが　希いのこもった短冊になり
それを閉じこめまいとして
風がなぞるたび
虹色の音階が　きらめいてくる
水の　隠れた喜びの　細部
もつれる狂気にも　感応して
音は散りばめられていく

けれど　どこかにそれを受けとめる
やわらかな掌があるらしい
ときに　放りあげられては
言葉になる前の涼しい音声となって
ひびきあい　駆けのぼってくる

ひそかに
今から生まれてくる者たちが
目をさましている
少し前に逝った者たちは
振り返っている

蚕が吐く糸のこそばゆさで
内耳をくすぐる
すこやかな螺旋をすべる
わたしの骨を鳴らしにくる

兎がいた日

兎は誰かの代わりに泣いたような目をしていた

暗闇のなかへ
瞼を腫らしたひとが出て行こうとしている
絶句したひとは　鏡の裏側に半身消えかけている
それを盗み見した女の子の
初めて気づいた鼓動とも重なってくる

女の子が　喉元までウソでいっぱいになり
目を合わせない日は
耳をふせ　おとなしく抱かれた
背骨をゆるめ　なでるにまかせた
西日に　あのパントマイムが影絵になるのを拒ん
で
言葉が荒く尖る日は
ひよこ草の白い花を
鼻でかきわけ　見つけてみせた
兎は　世界の片隅で待っていた

女の子が摘んでくるタンポポ　ギシギシ
肩のあたりにのせてくる空の青
前髪をくすぐっている日なたの匂い
分け与える時の　目を細めるしぐさまで
七歳の一日がそれでお終いになり
また始める朝の輪に
吐息さえ銀色になって巡ろうとする
それは　もの言わぬ者と幼年を生きるということ
の
どんな力だったのだろう

昨夜　夢の野原に出てきた兎は
女の子があれからも時々ここを駆けまわり
季節を得てきた気配がわかったらしい
淡く　しなう青草をみつけている
それから　誰の代わりでもなく
ひとの　記憶の外へ　ゆっくり跳ねた

詩集『ざくろと葡萄』（二〇一四年）抄

領地

わたしは掌の上に　秘密の領地を持っている。

大きな四本の川が走っている。ほつれ始めた季節に照射され　生命の川の下降線は　髪の毛のように細くなってきている。

複雑な支流を集めた一本は　生命や知恵とは反対側から始まり　粗く縫い合わされた傷痕のような姿で　横たわっている。南側には感情の森が鬱蒼としている。少しの風にも梢はいっせいにざわめき　光の傾きに容易く葉裏を返す有様に　オロオロとうつむいてしまう場所だ。

折り合いがつかない日には北側を辿ると　記憶の路地がある。入り組み　崩れかけ　他者のそれとも交叉しているせいなのか　ぐずぐずと迷う内に　行手が明るむこともある。ふいに現れては消える濃密な時間のかけら。思い出の鳥たちは　春の雪に目をつぶり　羽毛に首を埋めて身を守っている。

乏しい知力を示すもう一本の源は　生命のそれと重なっているが　すぐに立ち上がり森や路地を持つ流れの瀬音と共に　並行に進んでいる。川底から湧く好奇の泉に誘われて　浴びるほどの言葉から　ひとつを釣りあげた夕暮れ。溺れながら素手で美しい文字を摑まえた真昼。それらが　煩雑さに濁った川面に　花筏になって漂っている。

縦にひと筋　運命の川が登っている。連なる峡

谷　薄氷を踏む日々に　誰かが渡してくれた緩やかな橋。心細く漕いだ小舟も見えてくる。掻き分けながらわたしの後に水脈を曳いたつもりだったが　今日も予測のつかない川霧が立ち籠めている。

野の花が咲き乱れる丘には　段々畑の区切りが残っている。細々と暮らしを耕し　いつの間にかその手堅さを失った跡だ。片方の丘には気まぐれな日溜りと底知れぬ闇が　交互に訪れている。海が恋しい時には　その砂丘を滑り落ち　遠くへ飛びたい日に限って　この未開の地に足止めをくらう。けれどどこからは　名も知らぬ星々のきらめきが　よく見える。

真中にある窪地には　悲しみがうろたえている。大雨の後に決壊した二つの街を潜ませている。どうやら魔物もすむらしく　雨の少ない夏の日はじっとりと苦汁を滲ませてくる。掌を重ねれば死者たちとも会える　やわらかな地だ。まなざしを込め　痛みの根を深く降ろしていくと　誰かとの共通の地下水に行き着く。それが　うっすらと透ける細い道となって　四本の川を繋いでいる。

手入れの行き届かない露な領地を　他者に見せたことはない。わたしは夢を忘れて片掌で厚顔をぬぐう。現《うつつ》をはじき飛ばして　なつかしいひとと両掌を握りあっている。

樹の海

側を通っただけで曳きずり込まれてしまった

茫漠として　得体の知れない気配
樹木の足は露に地上にはみ出し
うねり　のたうち
理不尽な怒りや　かなしみが
曖昧になることを拒んでいた
思わず　マンシュウ　と　つぶやけば
逃避行の途中で打ち捨てられた者達が
じわじわと　寝返りをうってくる

（少し前に読んだ開拓団の聞き書き集が
めくられ　身じろいでいる）
耳をそばだてると　どこだって
死者の骨の音がしない大地はない
けれど　置き去りにされた地層の暗がり
この極みに　深い受容はあったのか
夥しい不在の死が戻っている
断念できなかった鬼気の手が

聞く耳を探してのびている
過酷な物語から吐息のように這い出てくる
子ども達の足音は
緑色の苔となり　ひっそりと横たわっている
（幼いわたしが無事に帰国した背景だ）

怪鳥の鳴き声に似た
カイライコッカ　傀儡国家
この一語に抹殺され　締め出され
八十歳過ぎても解かれないひとの嘆息
根っこを問う若い声の行き場を閉じる回路
言い訳もできずにつぐんだ言葉たちが
よるべなく漂い
わたしの腕に鳥肌をたててくる
（再び寡黙に耐えた者達の力で　この国の
矛盾に満ちた荒野は切り開かれてきたのか）

ブジュン　コロトウ　マイヅル
覚えていない幻の玩具のような名をなぞる
そのあたりまであった足あと
それから　どこを歩き
思惟の出口へと向かっているのか
常緑樹の黒々とした肋骨
決してつぶらない目に
たちまちわたしは宙吊りにされている

吊り橋

橋が　かけられている
脚が地につかず
言葉まで身体のどこかで詰まっている日には
行かねばと思う

おびえ　ゆれているのは
昨日までのわたしの暮しの輪郭
荒野に立ちすくむひとたちの影
まぶたの裏にかすむ夢の残り火なのか

ここからはひとりでお行き　と　声がした
橋の中ほどに風が巻きあがっている
のぞけば　得体の知れないものが尾を曳き
大地を這っている
取り残された子供たちの残像が
ひと括りの数字になるまいとして
激しく咳きこんでいる
そこから続く麓に
混沌のままに閉じてきた　わたしの
避難民であった幼年の記憶がふり返ってくる
心細い影と影はつながりやすいのだろうか
断片の時間がうごめいて

直線で縫い合わされることを拒んでいる
現《うつつ》から少し顔をあげてごらんと再び声がした
あらゆる緑色を湧かせて
視界は山々を連ねていく
小さな滝が暗い峡谷に虹を捧げ
崖の岩肌には山藤が点描されている
睫から染まってしまいそうな今年の若葉だ
このいっ刻に立ち会えた
よほどの頼りないわたしの根源であろうか

橋のたもとで　手をふって
待ってくれているひとの姿がある
わたしはこのように逃れるときでさえ誰かの
時には　遠い声とまなざしにも
掬いあげられてきたのか

めざめて　この世の　吊り橋を渡る

秋の声

雨のあと　草叢から虫の音が聞こえてくる。
昼間　母がりんごは嫌いと言った。それが好物だった父のことを言われたようで　胸の奥にも
リ　リーンと鳴くものがいる。
父は　プライドを持ちなさいと　わたしを何度かたしなめた。その意味は　もっと広いという気もするが　別れた母と父の間に横たわる河　立ち籠める霧のなかに　その言葉は　白い小舟になって漂っている。

五歳の　九歳の　十六歳のわたしは　もう　いいよ　母にそう言ってあげたいと思っている。

亡くなった父は　どんな秋の夜長に　虫の姿したものを　ひとり　外へと解き放ったのだろうか。

涼しい風に歳月の襞が緩み　感情の埃が雨に洗われて　今夜は虫の音が　まっすぐに届いてくる。

わけの解らない淋しさを鳴きしきっている。孤ではいられない哀しみを滲ませている。どうすることもできない想いを音色に刻む強さで　沈黙と測りあっている。闇にまぎれる安堵が　一瞬鳴き音を途切れさせている。

草叢の奥はどこへ続いているのか。幽かに動く影。なつかしい気配がする。先頃亡くなった幼な友だちの　遠い夏の声がはじけてくる。卒業してからも姉みたいだった先輩が　甘い呼び名でくすぐってくる。父と母のことを好きだったが故に姿を見せない叔母たち。わたしを何度も産みたがった養母も　きっとどこかにいる。母が生きる術に逃がしたものは　暗がりに光る目を持っている。父の矜持の羽根が　すきとおっている。

いくつもの声に濯がれ　めぐり　ひびきあい　わたしは　もう　いいよね　と　声に出している。

藪椿

長い石段の途中で嘆息をついていると　前方を小さな女の子が上っていく。時折ふり返るので　呼びかけると　見覚えのある着物の裾をひるがえ

し　樹々の暗がりに姿を消す。また出てきては先を行く。

あれは　ずい分前に　叔母が夢のなかから　大切に取り出して見せた子どもではないか。

「おばちゃん」。ベッドにかがんで声をかけるとみるまに目を輝かせ「かわいい　かわいいJちゃん」と呼んで　叔母は両手をひろげてわたしを抱いた。（年老いて　もう誰の名前も思い出せないと聞いていたが）。

おぼろになった記憶の家で　幼い子に晴着を着せ　一緒に雛飾りをしている途中というふうだった。（大好きな兄さんを置いて出ていったひとによく似た子は　木登りや虫捕りをして服を汚す行儀の悪い子だったはずだけれど）

「おばちゃんのことをお母さんと呼んでもいい？」

わたしのことばは　子どものいない叔母夫婦をとまどわせ　父を再婚へと踏み切らせたらしい。叔母は　今日のわたしのように　石段を上らねばならない日には　嘆息をつく代りに「Jちゃんを育てればよかった」と　何度か言った。

あのときふっと　やわらかな晴着姿をかいま見せた　覚えていないわたしの半身のような女の子は　叔母が死ぬ時に　手をひいて　あちら側に連れていってしまったと思っていた。もう永遠に会えないと思っていた。

黙って足を運んでいると　女の子がふり向くたびにこぼした笑顔が　そのあたりの石段に　朱い花となって　置かれている

五月の浜辺

真っ平らな海面に　若緑色の小島を浮かべていま
す。
不穏な船影ひとつ寄せつけず　驚きの声をあげる
のさえ憚られる静けさは　初めて出会った海で
す。

誰かが　うっとりとこの景色を眺めていった後の
ような気配が　水際に残っています。そのなつか
しさが　並んで立つわたしたちに　わだかまりの
ないやさしい沈黙を呼んでいます。それぞれに持
っていた気質が　寛容さになって　ここに溶け出
してもいるのでしょうか。

内面が穏やかだと　海でさえも地上へ打ち上げる
言葉は少ないようです。その僅かな　紫色の石
や　朱い貝殻となったものを　砂に屈んで見つけ
ては　兄たちがわたしの掌に乗せてくれていま
す。指で摘んでは　原型を推し量り　宝物を譲る
口上を付け加えています。（ひとりで貰っていい
のかしら。わたしの至らなさ　あと一歩の我慢が
足りず　みんなを悲しませた日々があったのに）。

浜の外れへと　ふり返りながら去っていくのは
父と母ではないかしら。（昨日わたしたちは　ふ
たりの法要をして　あちら側から来てもらったの
でした。わたしたちが今日ここへ来ると知ってい
て　立ち寄ってくれたのではないかしら）。父が
時折　弱った母の足元に気をつけています。笑っ
ていします。ふたりは少し前に　四十余年ぶりに再
会したのです。消えかける父と母に　わたしが手

をふっているのが解ったようです。
それにしても　この混りけなく磨かれた光と風
空の青さ　砂が受けとめてくれる感触まで　現《うつつ》の
ものとは思えない有様です。わたしたちは　どな
たかの導きで　ひとときこの世を抜けて　ここへ
来たのかしら。それとも　もうそんなに遠くない
明後日の夢を先取りして　目覚めて辿り着かせて
もらった場所なのでしょうか。
かけがえのない一日を形にして　貝殻は　磯の匂
いと砂粒を　わたしの掌にこぼしています。

城内一丁目

もうここには来られないかも知れない
早朝の城跡を訪ねると
降りたったばかりの陽ざしが
足もとをはずませてくる

手を前にふるたびに
濁った血の淵に潜んでいた
魑魅魍魎たちが
次々と抜け出していく心地がする
もっと腕を突き出せば
こんがらがってきた神経叢に
失われた時間が　ともるのだろうか

松の樹々は　いつのまにか太くのびて
忘れていた歳月を　中空に吊りあげている
（はずだった）ものたちが青臭く尖って
変わらぬ矜持の形を示している
けれど　わたしの言葉の地平は

歪み　崩れやすくなってきた
紡いできた物語は一夜にして転がっていく

軋むこの世の　ひび割れた木肌に
誰か　袖をとられているようだ
立ち止まると　はた　と　隠れ
歩き出せば　視線が追ってくる気配がする
わたしは今
何を身にまとっているというのか

こみあげてくるひとの名をつぶやくと
たちまち　光が身じろぐ　ざわめいてくる
他者の縁の　懐の深いところで
わたしはどんな姿でたたまれてきたのだろう
（あのとき　たった一度）
（軽はずみな夢の岸辺で）
（背いた両刃の剣の　曲り角）

固い扉が目玉のように開かれて
転倒しそうになる

午後にはこの地をまた離れて行こうとするわたし
は
見送られているらしい
樹木の影となって地に伏すまでのほんのいっとき
立ち現われたひとたちの
深いまなざしのなかにいる後ろめたさ
気恥ずかしさ

うながされ　ふりかえらないままに

ざくろ

夕焼けのしずくを集め蕾にかえていた

暑さに押し黙る分別の庭で
花は　つり鐘のかたちとなって
無音にまぎれることを拒んでいた

カレンダーのような表象の夏を過ぎ
遠回りをして会いに行くわたしに気づいたのか
木は　ふり向き　かすかにゆれた
ひとが抱えている重い事実に
声をのんだまま
受けとめられないでいたわたしに
枝々の先まで細やかに波立たせて
目と耳を濯いでくれた
暮らしに日々狭まる気道に
原始の青くさい風を通した
ただただ　からっぽになることを促した

真昼
記憶の地図のずっとはてまで
しん　と　鎮まったとき
笑っているとばかり思っていた木が
ゆっくりと吐き出した声は
血を滲ませていた
食い縛った果実の一粒一粒に
終わりのない悲しみを光らせていた

わたしがことばでは辿り着けなかった領域
折りあいのつかないものが
語れないひとの胸奥で
こんなにも激しく抗っているさまを
身をもって見せてくれていた

ヒリヒリと　オロオロと
見あげるばかりのわたしに

葡萄は

天の微笑です

意表をついた瞬間
いっせいにはじけ　笑いさざめく
若さです

食べちゃうぞ　たべちゃうぞ　と
枷をはずせば
キャッキャ　コロコロと
転がっていく　幼い輪郭です
数えきれないほどの変化《へんげ》を遂げて
淋しい狂気を滲ませている

ひと粒で過去をくつがえしてみせる
秘密に満ちた楽の音色です

遠くを漂っているひとの悲しみです
うるませている胸内の
なお閉じられた理由に触れず
ただ　手をそえている　ひとときです

世界の多くの地で
育まれている恵みです
汗と知恵と継承が結びあう姿
常に血の反乱を孕む円錐の
ゆれる思惟と傾きを
自らの重みで耐えていく力
その沈黙の
際立つ問いかけです

手をのばせば届く高さにぶら下がってくる
豊饒な　こ　と　ば
欲しがる喉にすべらせている
鳥の空です

渡る

浅瀬に飛び石が並んでいた

ひとの足に踏まれ
その重みを受けとめ続けてきたのか
四角い石の
やわらかく角を落とした有様にうながされ
初めの一歩
両足を記すと　瞬間遅れて
忘れていた何かが追い付いてくるのがわかった

どこか頑迷を思わせる断絶
自負のような孤立の間を
絶えず表情を変えて生きる水の流れは
目をそらして　越えた
異質な手段　やせ細った単音の
窮屈な世界は　素早く避けた
豊かな緑を分け入った果ての
途方もなく崩れていく広野と
保身の内に閉ざしてきたわたしの窓を
足の裏が　厳しく紡いでいった

跳ぶというのは
はぐれていた魂が
思いがけないものと
結ばれることでもあるのか

思わず深呼吸をする
こころもとない胸の隙間がふくらんできた
浮力を取り戻し　また一歩
わたしがひとりで立ってきたのは
いつだって　ただ一個の石ほどの場所だから
こちらから　光さす向こうまで
ほんのすこし先へ　足跡をとどめていく

現《うつつ》に響く靴の音
目の前の可能性に　声をかける
きゅっと　決意をすれば　勢いもついて
爪の先まで　はずんできた
まだ背のあたり
夢見る羽根があるらしい

五月の風にくすぐられて　舞う
バッタになる　子雀にもなって

あと三つ　あと二つ

午後三時

わたしは静かに聞きわけている
三時が　なか空のどこかに
蓋をあける　かすかな音を
そこからの風が
ひとすじ胸底を冷やしていくのを
追憶の地形がゆがみ始め
荒い海辺の　無人駅で
誰かに似たひとが
背中の荷物をゆすりあげるのを

三時は　沈黙を映す鏡を持っているから
亡くなったひとたちが

向こう岸を行くのが見える
隔てられた川に
まだ水が流れているらしい
川面に光矢がはねている
その照り返しを受けた一本の樹が
この世へと新しい芽吹きをうながしている
断念に巻き戻されまいとして
葉ずれの音がそれを支えている

三時は　内と外の窓の在り処を気づかせる
机にかがむひと　街中を走り廻っているひと
病に臥すひと　洗濯物を取り込むひと
下校時間とも重なってくるから
少年や少女たちまで　まなざしをあげ
ふいに心急かされる理由と
一日の行方を
暮らしから遠くにたずねたくなるらしい

三時が　わたしに目もくれず
去っていこうとするから
思わず　おやつですよ　と呼びとめる
すると　その声は放りあげられてしまう
いつのまにか深くなった空洞に
ただ　のみこまれまいとして
ことばが　小さな風船のように
漂っているのが見える

蟻に

真昼に四十分間ほど
わたしは地上から姿を消してみた

時間を縮める　などという錯覚

逃避する甘味にひかれ
都心の道端にある穴へ
黒々とした列と共にもぐっていった

イキモノが　ひとつずつ背負っている
四角い来歴に　気圧されてしまった
学んでいる証しなく　働かざる者であったと
駅のホームでひとり鎮まっていた
電車に乗るときは
（エイッ！）と
小さなかけ声が欲しいほどであった

動いていく安堵に　身をゆだねていると
閉じこめられた車窓が鏡になっていた
黙々と前を向き
時折　こうして行方をくらます
蟻と呼ばれるモノたちの

尊厳の息づかいが満ちてきた
わたしのほつれた姿など映りもしなかった
鋭い針を気づかれまいとして
暗がりで一部始終を整えている
蜂にたとえられるモノたちの
矜持の身震いが
緊張の隙間をつくっていた
今日の大地を支えてくれている腕よ　力よ
わたしはふり向かず　うつむいて
ひそかにもれている悲鳴
不安が絶えずずり落ちる砂の底で
ほんのいっとき　溺れていた

どっと階段へと浮きあがっていく
闘う　黒い足の群れに
はじきとばされた
誰かに所在を問われることもない

自分の影を繋ぎとめようとして
触角を出口へ
さらに　もうひとつの　出口へ

ふいに陽ざしにまぶされて
皮膚はチリチリと焦げくさく
こ　こ　は　ど　こ　？
すっかり吃音になってしまっている

地下都市

蜘蛛の巣のような階段から
足がついたカバンが集まってくる
電車を乗り換えるたび
なにが擦り切れ　傾くのか
寄り添うカバンたちが手を伸ばし　吊りあげ
ヒトを明るい迷路へと押し出している

黒々とした激流に　はね飛ばされまいとして
わたしは細い魚になる　水底を這う
ここは　ひとつの戦さ場だから
岸辺で首をすくめた亀にもなる
恐れと後ろめたさで息をひそめる

Aビルは何番出口でしょうか
——七番です
ありがとうございます
温かいまなざしの駅員さん
すぐに　わたしのことを忘れて下さい
どうも魚や亀のままで
毎回質ねている気がします

暮らしを充分賄える店が続いている

（まるでシェルターではないか）
壁に触れば　どんな策略が裏返るのか
ここは　時代の震源地でもあるから
過酷な支配に　灯りが滲んでくる

血の勢いで曲って　昨日と違う瀬音を聞く
そこは　自分を取り戻す踊り場だから
泉の側で　カバンを休ませた戦士たちが
ささやかな抵抗の狼煙をあげている
はずれには　滑らかな階調の
エスカレーターもあるはずだ
甲羅を脱ぎ　胸ビレだけを残し
なじんだ時間へと抜ける
八角形やジグザグに刻まれた都心の空
五月のけやき並木
陽の光に転がると　目があう
そこがAビルだ

わたしの草色のバッグの中には
本とノートとペンが入っている
これがあれば　これさえあったら
（溺れないで　流されないで）

灯火

ふいに　自分の存在に気づく
朝の畏れであった
他者に立ち入られたくない頑なな夜とは
いつ頃から馴染んできたのだろう
夜半に目を醒ますたびに　どっと
底なしの闇に落ちてきた
青空に向かって両手を広げたときでさえ

かなしみの島影は　よぎっていった

この世の全ての明るさから
身を隠したくなった　あの日々
軒先に　わずかに庇われて
ためらい　ゆれ　なおもめぐることの
意味を問い
雨風をしのいだのは　先日のことだ

目の前のどの扉も開かない夢の廊下
迷路にうずくまる明日の岸辺　で
定まった軌道に身をゆだね
華やかに逃避していく夕日の陶酔を
混乱に足を抄《すく》われながら
いく度　見送ったことだろう

ゆっくりと　死者たちに耳を傾け
思いがけない声に解かれている
まなざしをほんの少しあげて
鏡に写る姿勢を確かめている
自分ひとりのために
静かに　ことばを　ともしている

わたしの屋根裏部屋から
ワンルーム・マンションが見える
いくつもの王宮の窓から
どれひとつとして同じはない
それぞれの灯火が
心音のように
一晩中　もれている

春のひかり

電話をかけてきたひとは
今日は　凪の海に
小舟を浮かべているらしい
わたしも音をたてずに
となりに舟を近づけていく

互いに胸につかえる荷物は
現《うつつ》の港に置いてきたので身は軽い
どこへ進むというのでもない
時折　水底からたちのぼってきては
魂にふれるものを
柄杓ですくっては見せあっている
魚が　と　言われれば

青い影が　いのちの歓びに身じろいでくる
貝かしら　と　つぶやきあえば
うす紅色の花びらのかたちがまたたき
さすらう夢の苦悩にまぎれず
浮きあがってくる
（希いもまた解かれたことばから始まっていく）

向こう側にいってしまったひとたちを
ひとり　またひとり
名を呼んで来てもらうと
いつのまにか声まで聞こえてにぎやかになる
（あのころが華だった）
（こうして一緒にいる時間は
いつだって　特別な華だから）

ひたむきに心傾け　もがき
めざめてもなお途方に暮れる海の道

ほんの少し漕ぐ手を休めただけで
混沌とさびしい気配が満ちてくる
まっすぐな水平線のはては
しばらくけぶったままにして
春のひかりとなったものたちと
ともに　ひととき　ゆらめいている

幻鳥——帯状疱疹

覚えていないほど幼い日
額に爪あとをつけ
わたしを泣かせたという幻の鳥たちは
再び　どこから来たのだろうか
身体の奥に閉じこめてきた
池の在り処を　証してみせた

水浴びをした鳥たちが
羽繕いしたあとの水たまりが
脇腹と背中に　そのふくらみを残したのだ

わたしの貧しいことばの水辺で
どんな集団心理が
糧にもならない単語を捜して
夜中まで丹念につつきまわるのか
羽ばたくにはいよいよ狭くなった語彙の中空で
蜉蝣のような意味でも摑んだのか
次々と荒い宙返りをしてみせた

集結してからの渡りの道は
どうやら神経の走行に沿って
さらに遠いことばの闇へと縫っていくらしい
ぐずぐずと甘える喉元をなだめ
不埒な嘴　不遜な尾羽根を追いたてて

二週間
窓の外には誰がひき寄せてくれたのか
樹木の新緑が豊かに泡立っていた

けれど　背中に手をのばすと
番いが一組　まだ残っているらしい
怠惰な私の夢にも遊び
油断と隙を窺っているのがわかる
いつでも呼び出せる指令のような鳴き声を
きりりと　みがいている
傾くばかりの隠れ里から
丸い目が四つ
時折　なつかしそうに
こちらを見ている

春の庭で

花を植え替えるわたしの
背中に
さっきから届いていた視線が
手もとにまつわり
足にすり寄ってくる

これは　遠い日
窓辺で丸くなってまどろんでいた
時折　チラッと
わたしを目の中に入れては
現《うつつ》であることの証しにしていた
おまえではないか

この庭のどこかに
もの言わぬ小さな者だけに許された
あの世からの道があるのだろう

いつかは
眠ってばかりのおまえのまぶたで
うっすらと遊んでいた
陽ざしによく似たものが
庭の隅の落ち葉の上を訪ねていた

たちまちできた水たまりに
共に暮らした歳月が映ってくる
抱きあげると
とろりと気位を解いたおまえのぬくもり
誰かから　そっと手渡されたような
重みが　もどってくる

今日は　なにが見えたというのか
夢の途中に摑まえてくれていたわたしを
なんと　確かめているのか
ピッチ！
名を呼んでは　その背をなでている

朱いブラウス

目を細くすると　あの街の丘の上の家に　朱い半袖のブラウスを着たひとが見える。あの方の前で畏まってお茶を頂いている。賢明でゆるぎのない言動をまぶしく見あげ　自分もいつかそうありたいと希い慕っている。短い歳月　訪ねた回数は指折るほどではあったが。

互いに引越してお会いできなくなっても　年長の

あの方は丁寧なお便りの中で　陽ざしを集め丘の上のひとときを明るませて下さった。そのたびに　足元がぽっと温まるなつかしさであった。

さらに目を細めると　とっくに壊された丘の家に　乱反射する夏の光りを鎮める部屋が残っている。お便りを手にしたとたんに　テーブルの上に置かれた山吹色の薄手の湯呑みの　はかない感触が戻ってくる。冷まされた新茶が鮮やかな時間を滲ませてくる。あの方に見守られて　擦り傷ひとつ負わず　物語りは豊かになっていくばかり。わたしは戸惑い　面映く　目を伏せていると　そのまま迷い子になりそうな心地がした。

まぶたの裏から　あの家に行こうとすると　坂道のいくつものカーブで　感情はもろく傾き　言葉は途切れてしまう。よろめく半袖のひとから　金太郎飴の悲鳴も聞こえてくる。

目覚めた時でさえ　自身が覚えている記憶の総量など　ほんの僅かだろう。その時他者の中に住み続けている者を　何と呼べばいいのか。あの方の胸の日溜りで　朱いブラウスを着てまっすぐに歳月を渡ってきた者は　誰だったのだろう。もう　すれ違っても解らない。そこにしかいないはずのひとが　曇った鏡の向こうから　こちらを見るようになった。ざわめく言葉。ひりひりとたじろいでいると　そこに　あの方もいるのが見えてきた。晴れやかな日々を　きびきびと立ち働いておられた。

雪の朝。その方が亡くなられたお知らせがあった時　胸奥を　いきなり剝がされたような悲しみは何だろう。深くお礼を述べて見送るわたしの　溢

れる水の上を　あの方はふっくらとした笑顔で
しばらくゆれておられた。その後を　ふり返りふ
り返りついていく半袖のひとは　それでも転ばず
に　小さな朱い点になって　遠ざかっていった。

旅に出て

向こうの土手にひとがいます。斜め横からの顔
左手で花を摘む器用なしぐさが　少し前に逝った
幼な友だちの姿です。（こんな所にいたの）安堵
の声をかけたのですが　まだ聞こえないようで
す。あの世から抜けてきたばかりなのでしょうか。
楽しそうに白詰草を摘んでいます。

ここは旅先の川の辺り。友と一緒に来た覚えはな
いのです。けれどわたしはこのところ　暮らしの
窓が揺れる度に　身体のどこかが少しずつ傾い
て　今では　どんな物事にも一歩退いてしか向き
合えなくなっています。友のまっすぐな魂の方が
先に着いているのは　うなずけます。

（もうこんなに遠い所までは来られないと思って
いたよ）と　友は芽吹き始めた木々の緑や里山の
やわらかな光を　なつかしそうに見廻しながら近
づいてきます。この辺境は　どこかふる里に似
た　たたずまいです。踊るようにして川を渡って
きます。あんなに物静かだったひとは　どこでそ
の習性を脱いできたのでしょう。わたしが知らな
かっただけかもしれません。病に弱かったお母さ
んに代わって（小さい時からずっと働いてきたの
よ）と言っていたひとに　野に遊んだ思い出もあ
ったのでしょうか。友はようやく自在になったよ
うな　それともどなたかにうれしいご褒美をもら

っている気もします。

先ほど潜った洞門は　下の方が崩れかけていて　そこの穴からは　あの世へ続く川がひと筋になって見えました。この世の足元を照らしてくれる明りが　静かに手繰り寄せられている気配も解りました。それは半生をかけて手掘りでここを刳り貫いた　ひとりの男《ひと》の力の残し方でしょうか。忘れられるほどの歳月の暮れていくかたちです。わたしはたった一日で　大事な思い出が仰向けにひっくり返って　元に戻れない　信じられない時間の姿を見たばかりです。

後の切り立つ崖が　鳥や風が鳴きながら運んできた草木の種を　わずかな土でゆっくりと育ててきた物語を　迂回する水の流れに響かせています。

今日という一日を美しい景色が支えてくれていることを知るのは　旅の恩恵でしょうか。

（会いたかったのよ）共に伸ばした手が　あと少しで繋げそうになってから立ち止まったひとに（そこは危ないよ）と言いかけて　今　転びそうな所にいるのは　わたしの方だと気づかされます。嬉しくて笑っていたわたしに（泣かなくていいから　また会えるから）と。幼い時からどこか大人だったひとは　ただそれだけを言いに来たというふうに　うなずきました。それからいつのまにか出来あがらせた白詰草の腕飾りをつけて　ぼおと煙る川の向こうへ　帰っていったのです。

紫雲英

本を読んでいた
昨日と同じところで　また　つまずいた

いつのまにか核心からそれていき
春の野へ転覆
うつらうつら　遊んでいた

ふいに　肩のあたりに温かな気配がして
机上の書きかけのハガキを
父が訂正してくれているのが見えた

俳句をたしなんでいたひとだ
（ああ　百年の恋も冷めるなあ）と
嘆かせた　わたしの悪筆
誤字　脱字の情なさ
見過せず　見るにみかね
五十余年もの遠くから
一瞬の夢のあわいに立ち現われたのか
それは　なんということばなのだろう

先ほども辞書をひいたばかりだった
マメ科の越年草
蓮華草はゲンゲの異称
げんげ（紫雲英）と書いて　れんげそうとあった

そうか　地上にふわりと降りてきた
紫色の雲だというのか
早とちりの感嘆符をふたつつけた
思いこみの巻き毛の尾っぽを曳きずって
うっとりと惚けているわたしを起こさずに
いよいよ首を傾げながら
父は長い道のりを戻っていったのか

誰に　いつ　出したのだろう
本の他には　どこにも
見あたらない　ハガキ

かごまちは

バスの経由を間違えてしまった。ていねいに放り出された場所は 商店街の側であった。ほうじ茶の香りがしたような気がして 通りをのぞこうとすると たちまちシャッターで拒まれた。物語の意味が滲む路地には がらんどうの気配で 立ち入りを疎まれてしまった。

誰の夢からはぐれてきたのだろう。見慣れない鳥が飛んできた。若々しい独唱《ソロ》によって 中空に緋色の花を咲かせてみせた。ふたつ みっつ……。受け継ぐ者のいない 美しい職人技だ。ふいにピッと 光が裂かれた。この世の境にある階段が 目の奥まで続いていく寺の林の方へと吸いこまれていった。

ひとり取り残されたと解るのか。街路樹にからまっていた蔓が寄ってきて その冷たい指で 足首を掴もうとした。朝夕言葉を欲しがる魔物がひそむ胸奥が ことりと開いたような。

深いまなざしに押し出されるように バスが運ばれてきた。窓の外 立ち並ぶ人の暮らしの上にうすい靄がたゆたうのが見えた。あれは 逃げ隠れ ついには曖昧になったものたちが 風に流されていく寸前の 今日を限りの憂いであろうか。もう一度バス停の名を確かめようとすると 貼られた路線地図にのっていない。かごまち 籠町 駕籠町 加護町 過誤町……。

わたしはどんな時間のページを めくってしまっ

たのか。景色の裏側に行ってしまった人たち　どこにも残っていない生命の足あと　名付けようもない日々は　ひとりの記憶でしかないのか。わたしが置き去りにしたのではなく　どの場所からも　とっくに見放されてしまっていたのだ。
うつむけば　靴先には　確かに　土とちぎれた緑の葉がついているけれど。

mの希望

文字の初めの小さな山をなぞると
オーイ　ヤッホー　と　声がした
頭上に　はてしなく広がる空
集まる陽ざし　吹きあがる風
全て自分のものであった少女の
力いっぱいのこだまが返ってきたのだ

その声に照らされると
わたしは起きた事々に
川底に咲く白い藻の花ほど辛抱強くはなかった
ひとと向きあった葛藤と逡巡は
アルプスにまばたく花の
ひたむきさからほど遠い

起伏の多い暮しと街で
一度きりを駆けては　はみだした
生命の濃い足跡は　どのあたりだろう
失意と混沌の土手で
アゲヒバリの鳴き声と翼を持ったのは
どんな夢の漂いであったのか

意気地なくずり落ちた谷間の寂寥よ

かすかに拒否が底を打つ音
見あげ　たずねた呼気の手がかりの青さを
昨日のことのように思い出す
這いあがるときに支えてくれたのは
いつもは遠い　見えないまなざしであった

ざわめく森　蛇行する川は
どこで息を詰めているのだろう
わたしの物語は
少女の日の頃より少し低い二つの峰を
登って降りたほどのものであったのか
ペン先は　すでに
やり直しかけては　途切れている

オーイ　と　呼び
ヤッホー　と　応えてみる

詩集『友だちと鈴虫』（二〇一六年）抄

笑う力

誰か　笑いとばしてくれないかなあ
泣きたいことがいっぱいだ

ぼくのせいではない
ぼくは知らなかった
あの日　そこにいなかった

青空に
黒点を押しあげて
飛行機雲が　ひと筋のぼっていく
思わず両手をあげると
背がのびた気がした

ウハ　と　笑ったら
こんどは足が長くなった気がした
ウヘ　ウフフ　アハハ

おかしくて　うれしくて
口を開けるたびに
新しい空気が入りこみ
身体中をめぐっていった

胸のなかが
からっぽになっていくのがわかった

秘密（1）

トンボをつかまえた
シオカラトンボは
必死で動いている

ぼくの指はふるえたね
思わず
羽根をちぎりたくなったから
首があまりにも細くて
もうちょっとで
ひねってしまうところだったから

トンボはこわい
おとなしく　弱いものは
ほんとうに　こわい

ぼくもトンボも
ドキドキして
目玉をキョロキョロさせたね

痛い　と　さけんだのは
どっちだったのだろう
トンボは　とんでいった

ダレニモツカマルナヨ

クラゲになろう

原始の海から
いま　たどり着いたばかりというように
舟べりを　ゆらりと漂っている

クラゲが　あんなに軽く泳げるのは
余分なものは持たないからだ
まっすぐな背骨
見栄えがする血肉などなくたって

ふんわりと　ただ
生きたいこころだけになって
潮風に　遊んでいる

なにもかも忘れるには
意志をまとめる中枢神経などは
もっといらないのか
どんな波をかぶっても
とりあえず
今日を乗り越えようと
生命《いのち》の営みのあり方を
透けて見せてくれている
（毒の刺し針など
たやすく　明かさないで）

すぐに行きどまる　わたしの
進化論の　はずれの暗がりを

外灯のように　ともしている

ぼくが生まれた日

ぼくは　身長が五十二センチ
体重は三七二八グラムもあったんだ

小さなお母さんは
大きなお腹《なか》をかかえて
坂道を上ったり下ったり
病院中を歩きまわったけれど
ぼくは　なかなか生まれない

そこでお母さんは
坊や　心配しないで
出ておいで

お外は楽しいことがたくさんよ
きれいなものも　いっぱいよ
お腹をさすって言ったんだって

生まれてすぐに
おばあちゃんが抱っこして
あなたも永い時間大変だったわね
生まれてきてくれてありがとう　と
背中をなでたら
ぼくは　お母さんに負けないくらい
大きな声で　泣いたんだって

ぼくは何回聞いても
その話が好きなんだ

うれしい話

ぼくのブドウ好きは
小さい時からだったのか

ジブン（自分）デ　ジブンデスルといって
ほっぺたに皮をくっつけたまま
種を指でさぐる
二歳にもならないぼくが
とてもうれしそうな顔をして
食べている

それを見て
家族みんなが笑っている
その笑い声に囲まれているぼくだ

なん回聞いても
心の底から　あたたかくなってくる

胸にじっと手をあてると
その小さな自分が
ここにいるよ　って
見あげていることがある

するとぼくは迷わずに
一歩を踏み出せる
どこへでも元気に
飛び出してゆける

本を読む

理由もなくさびしい日に

本があった

扉をあけると
主人公は山道を登るところだ
元気いっぱいで
ついていくのは息が切れる

危険な崖や思いもよらない出来ごとに
おびえたり　笑いころげる
ひとり悔し涙をこぼす主人公
正直に心をひらいてみせている
こんな所に　ボクの身方がいた

川の浅瀬で魚を追うころには
喜びも分かちあえる
友だちになった
ボクも勇気がわいてくるよ　と

肩を組みたいくらいだった

いっしょに胸をドキドキさせて
吊り橋を渡り
向こうの山に　ひとすじゆれる
おじいさんの炭焼小屋の煙を
ヤッホウ　と　見つけた

楽しい旅だった
ここからはひとりで行くという少年と
青葉色の本の出口で別れた

少しの間　目をつぶって
ボクもそこから　ひとりで帰ってきた

いまも背中があたたかい

鈴虫

鈴虫が　鳴きながら
思いがけないものをつれてきた

お母さんに置いていかれた
幼い日の夕ぐれ
友だちに仲間はずれにされた
あの昼休み
鍵をあけて入ると
急に広く見える家の中

ぼくのこころに吹く風は
その　どれとも似ているようで
どこか違った

鈴虫が　ふるえる翅を
音色にかえて
ひとすじわたっていく　はるか遠く
樹や草や花々
住んでいる町さえ消えて
誰も　ひとの気配がない道に
ぼくひとりいるのが見えたのだ

心細さが深まってきた
誰もが　黙って
この闇を耐えているのだろうか
これからぼくは
いく度もこの道に立つ気がする

友だちや出会うひとたち
自分の内側からも

静かな言葉が求められる
新しい世界だ
聞いているよ　そばにいるよ　と
鈴虫にも　応えてやる夜だ

未刊詩篇

産声

アー
はるか遠くからやってきたひとは
眉間にちょっとしわをよせ
（ここだろうか）と　考えているふうだった

アー
闘ってひとりになった畏れの跡を
頬にすり傷のように印して現われたひとは
目をつぶったまま
父親　母親　従兄たち
会ったことのない曽祖父母や
誰か　大切なひとたちの

表情までしてみせた

母親の腕に抱かれると
初めて耳を澄ませたひとは
聞きなじんだ声を探りあてたのか
（ここでいいのだ）と　解ったらしい
口をいっぱいにあけて
アー（生きていく）と　声をあげた

それから小さなくさめをひとつして
出てきたあぶくのようなつばをのみこみ
見守っていたひとたちを笑わせた
他者のその気配にうながされ
再びこぶしを握りしめ顔をまっかにして
力強く　アー　アー
（生きていく）（生きていく）と
涙をこぼして泣いた

そのたびに少しずつ
赤ん坊の顔になり　安らいでいった
（ここだったのか）と　口をとがらせ
二回ほど　身体を縮めては伸ばしたあと
赤ん坊は
ぐっすりと眠り始めた

公園で

ロシア兵がくるよ！
従姉の言葉に　パッと立ち上がり
押し入れに飛びこんでいたという
旧満州から引き揚げたばかりの四歳のわたしが
聞き分けのない言動をする時
このひと言は効用があったらしい

日本兵がきた！
悲痛な叫び声に逃げ惑った
幾多の国の子どもたち
身を縮めた少女と女性たち
事実を知る程にいたたまれなさが募ってくる

公園の大きな樹々は何を護っているのだろうか
花びらを拾う男の子が
母親と笑みを交しあっている
よちよちと歩く女の子の後を
両手を広げ　腰を屈めて従いていく父親
きらめく時を伴走する小川の側で
近くの外国学校の少年少女たちが
隠れんぼをくり返している

樹々の陰から　いくつもの目が
こちらを見つめている気配がする
――笑い　あこがれ　なつかしんでいる
　　希い　苦悶し　淋しがっている
　　抗い　憎悪し　悲しんでいる
これは満蒙開拓青少年義勇軍
学徒出陣　神風特攻隊　人間魚雷
忘れられ　死語になってしまった若者たちの
抹殺された肉声と感情ではないか

ふいの風に樹々がざわめくと
どんな不安に押されてすぐ側まで来ていたのか
いっせいに振り向く者たちがいる

曲る

――今　曲ったねえ

バスの窓から外を見ていた子どもが言う
――ほんとうだねえ
道を曲ったのがわかるの？
こっくりと　うなずいている

公孫樹の黄色が並んでいた景色が
ふいに　消えた
九〇度回転すると
日陰の多い建物街へと場面が変わっている
それを　曲った　ということばで
三歳にならない子どもが
つかまえて　見せている

夜毎　なにかが　のし歩いている
目をこらしても姿　形は解らないが
ひみつ・つみ・みっこく・くろいあめ
めまい・いしゅく・クレバス……

恐ろしい　しりとりのような　声がする
動く闇が曳きずっている不信の足音
わたしは　その正体と行方を捉え
いよいよ怪しくなった眼精疲労のままに
問い続けていけるだろうか

とろりと温もった子どもの手を包むと
――また　曲ったねえ
――そうだね
今　そこで　曲ったよね
ほら　こんどは赤い花白い花が
いっぱい咲いているね
あれは　さざんかの花だよ

千の耳　ひとつの耳

羅漢さんたちの声が聞こえた
（どうされたのじゃ）（よくきたな）
目をつぶられたまま　いきなりの受容だ
願いを書いた杓文字を打ちつけようとすると
（それで？）（そうじゃったのか）
温もりのある声にうながされ
私のなかで青白くゆれる木が
細い梢をのばしてくる
ひとつの耳を捜して
まぶしく言葉をのむ

無病息災　家内安全　良縁　子宝　試験合格
洞窟の内外に
あらゆる願いごとが寄せられている
けれど他の誰とも同じでない道のりに
たたずむ人の視線に応えて
石仏は何百年も座り続けているのか
肩や膝が溶けるほどに
息を得たというのか

うつむいて　ひたすら合掌している
どんな嘆きをも聞きもらすまいと
耳に手をあてている
ハスの葉を頭に乗せ
大きな目玉は遠い驟雨の町を駆けている
経本でお顔を隠していても笑っている目尻
徳利を手に
そんなことより酒が欲しいなあと言い
眉間にしわを寄せ
わしは自分の事で精一杯じゃからなと言い

まいった　まいったとお腹をかかえ
千の耳はどこまでもくったくがない

風が胸底まで吹きわたり
病葉の葉裏を返していく
時折はみ出す鬼火の間に
亡くなった父や祖母　友たちも見え隠れする
老いた母まで側でうたた寝をしている
柵ひとつむこうの世界

長い時がつながり　しんと過ぎてゆき
視えないものがひとすじの水になってくる
水は
身動きできなかった私の喉におち
あたりの山々にもふり注ぐ
（聞いているよ）とうなずかれて
五月の緑は
獣たちの背のようにざわめく
濃く　淡く　湧きたつ
いつのまに抜け出したのか
私の木もその中で根をおろそうとしている

口内風景

いつのまに奇態な岩盤になっていたのか

風雪を　取りこぼしながらも
噛みくだき　飲み込み
（食い縛って）きたつもりでいた
基盤は最早　ゆるみ　きしんで
時に対して（立た）なくなっている

一応　行儀よく（並ん）でいたはずが

あられもなく（浮き）　傾いて
ちぐはぐになっている
どこでも（衣を着せない）で
言葉を放り出したりする

崩れ落ちた岩石は
見たことのない（虫）たちの住処となり
暗い洞窟をつくっていたらしい

光に晒された相貌
削り　えぐられ
冷たい水のしぶきを浴び
（根が合わぬ）ほどの体罰だった

言い訳も簡単には見つけ出せない
秘密の岸壁は　心して隠そう

向こうから来た人と声をかけあった
つい　さっきまでの決意は
どこへ吹き飛んだのか
大口を開けて　笑ってしまっている

エッセイ

父の句集

父が亡くなって三十三年たつ。

父は俳句をたしなんでいた。そのせいか、梅、桜、藤見へと私達をよく連れて行ってくれた。年中行事もきちんとする。三社参り、書初め、節分、雛祭り……。

桜は夜桜まで見に行く。篝火に照らされた怪しい生きもののような桜の風情。

海水浴では夕凪の海を、浮き袋につかまって沖まですべるように連れて行ってもらった。昼間とは違う自然の豊かな表情は、今でも記憶の底にあざやかだ。

そんな折、今まで私の側で笑っていた父がいないと振り向くと、一人で花の下にいたり、岩場の端に立って、手帖に何か書きつけている。いつも人を温かく受け入れていた父の周囲に、誰も入ってはいけないようなしんとした空気の層があって、幼いながらも父は何か特別な時間をすごしているのだと思っていた。

去年三十三回忌の法事の折に父の句集を作った。生前父が何冊かの句帖とは別に、一冊のノートに作品を年毎にまとめ、句集の体裁にしてあったものだ。ささやかではあったが父の字をそのままコピーした本は「兄さんの字だね」と叔母や従姉達に喜ばれた。

句帖焼き山河のわかれ目に沁みる
（「昭和二十一年満洲引揚」とある）
ざぼん熟れ平和なる日のくる望み
ふるさとの山河にかえり蜜柑食む

同じ年の句である。

確か兄さんはこんな俳句を作ったはずよと叔母や父の従弟達が、よく覚えているのには驚いたが、句集の中にその句を見つけては、話がはずんだ。また句集にはなかったが、私が生まれた時「炎天に女児《おみな》静かに生まれけり」と父から句が届いて、叔父達はなんとか俳句でお祝いの言葉を贈らなければと苦心したそうだ。皆で大笑いしたが、その句にこめられた父の思いと、叔父が長い歳月それを覚えてくれていたことに私は感動した。

私が十六歳の時、父は脳溢血で一晩のうちに亡くなった。意識が失くなるまでの短い時間、私や家族のことばかりを心配していた。五十一歳である。どんなにか心残りなことだっただろう。

月ぞ光り愛憎越えし夜をここに
銀河仰ぐ生きる悩みを悩みつゝ
侘しさに秋を旅ゆくひとり旅ゆく

亡くなった後、句帖にこれを見つけた時は、胸が詰まった。父母が別れた年の句の中のものである。それはまた、あとから母になってくれた人の目に触れさせるのも忍びなく、結婚する時、句帖は私が持って出た。

句の横に年号と場所が書かれてあって、どの句にも家族との思い出が重なり、父の不器用ながらも誠実な生涯を示すような句帖。

けれどそのページの所にくると涙が溢れてしまう。生前、母の悪口さえ言わなかった父だが、ひたと見つめ返した母の目の中の、どこにもう自分は写っていないと解った時の、父の気持ちが私には視えてくるのだった。

しかし句集にして一冊ずつ綴じながら思った。父は多くの句の中から選んだのだ。作句の時点では母との別れが尾を曳いていたとしても、それから十年たっている。

暮らしも家庭内も穏やかに落ち着いた時に、なおこれらの句を選んだ時、「悩み」も「侘しさ」も作句の時よりもっと深く、普遍的な思いがこめられていただろう。

思いを客観的に言葉にして身から剝がすことから、もう一歩進んで、自分の側に作品として立たせる。句集にして残したかったということはそういうことだ。その思いに辿り着いたとき、ようやく私は父から、そして同時に母からも解かれる思いであった。気がつくと私は父の亡くなった年齢に近づいていていた。

それにしても三十三年前の父の葬儀の日は、六月なのによく晴れた青い空、庭のつるバラが満開であった。


（「毎日新聞」一九九二年七月二十六日）

孫につなぎたい話

「ジイジの家に泊まりたい」と四歳の孫が寝巻を抱えてやってきた。娘の近くに引っ越してきて二週間目だ。

にぎやかな夕食が終わり、お風呂でシャボン玉遊びもして大満足。「オレが自分でする」とオレを連発しながら寝巻も着た。「感心、感心」と皆の賛辞を受けて得意顔である。

さて、いよいよ眠る時になって「あっご本を忘れた」という。絵本は、娘の所に返して整理したばかりだ。ようやく一冊出てきた。『ライオンの消えた日』（あらき書店発行）――戦争と動物たちのお話である。

太平洋戦争が激しくなり、本土に空襲が始まると、「空襲でオリが壊されて猛獣たちが外へ逃げたら大変なので処分するように」という司令が動物園宛に出される。北九州市の到津遊園では、動物達をできるだけ助けたいとサーカスに預けたり、サルや小鳥は人にもらわれていく。そうして残った三頭の動物、オスの親ライオンとニホングマ、ハイエナの最後（毒殺）を描いている内容である。毒の入った餌を本能的に嗅ぎつけて、食べないライオン。飼育係の人にも背を向けたままひと月近くたち、やせ細ったライオンはついに死んでしまう。泣きながらライオンを抱きあげた飼育係の人の腕の中で。

読んでいる方はつくづくと切ない。私は一九四二年生まれ。満州から引き揚げて来たのは敗戦の翌年である。今も仲の良い小学校の同級生たちの中には、父親が戦死した者、空襲や疎開、身内が原爆死にあった者、在日二世の友人たちもいる。つまり空腹は私たちの共通項であり、ライオンと重なる物語を持っている世代なのだ。

それまで「戦争ってなあに。闘いごっこのこと？」「バクダンが落っこちてきたら、死ぬの？」と聞いていた孫が、息を詰めている。そして「ライオンかわいそう。お腹がすいたっていうのに、どうして誰もあげないの。オレがおやつをあげるから」と深く嘆息をつく。

戦争をすると、なぜ食糧不足になるのか。なぜ弱い者や動物たちが犠牲になっていくのか。人間らしい優しさや柔らかな感情まで抹殺されていくのか。孫のどの質問も、この飽食の時代には、話すほどにむずかしく、実情に迫れるとは思えない。戦争の傷跡を抱えていた暮しの路地は消え、人の生き方も複雑に多様化して、明日が見えにくいと思うばかりだ。

それでも孫の嘆息が出るところ、柔らかな心に、小さな種をまき、共に考えながら想像力を養う手助けをしていきたいと願っている。

――戦争が終わった時、日本中の動物園で生き残っていた動物は、東京上野動物園のキリンが一頭と、名古屋東山動物園のゾウが二頭だけで、あとはどこの動物園にも、動物の姿は見られませんでした。――と本は終わる。どんなにたくさんの「ライオンの消えた日」があり「かわいそうなぞう」(金の星社『上野動物園のぞうの話』)がいたことだろう。そして多くの子供たちも、終戦により、生命びろいをしたことだろう。私もその一人だ。

私が少し前まで住んでいたのは、この遊園地の側だった。動物の柵の案内板に出生地と分布の世界地図が描かれている。今も多くの紛争と殺戮に満ちたこの地上に、それぞれの仲間たちがそこで生息し、丸い目や長い尾、可愛いしぐさをしていることをも示していた。

夕方になると、動物達の遠吠えが聞こえていた。私にはその細く哀しい鳴き声は、空腹のためばかりとは思えなかった。遠くにいる仲間達への交信。人間の勝手で滅ぼされた祖先達の悲鳴。そして生きている者共通の根源的な淋しさにも思えて、いつも胸が痛くなるのだった。

戦争体験が風化してゆく風潮の中で、日本がこれからどのような社会になっていくのか。どんな時代に変わっても、幼い者や弱い者、動物たちにも生きやすい世界こそが本当の平和といえるだろう。

思いにふける私の側で、孫の方はパッチリと目を覚ましている。少し刺激的な内容だったかな。お疲れさま。頭を撫でてやっているうちに、ようやくぐっすり寝てくれた。初めてのお泊りは、孫の自立への一歩になるだろうか。また一緒にご本を読もうね。

(「公明新聞」文化欄　二〇〇一年三月)

解説

僅かな時間の重いもの

山田かん

柳生じゅん子（淳子）さんが作品「視線の向うに」と他一篇をたずさえて旧詩誌「炮氓」の同人に参加してきたのは、この詩誌の四六号、一九七六年十二月からであった。

大変に都会的な理知が秘められた風貌がまぶしく、美女は詩なんかに近づかないもの、または近づけないものといい直してもいいのだが、ともかくそのような偏見で女流を眺めていた眼にはこの現われ出た個性がひときわ鮮明に写ったことも事実である。

提出された作品もまた新鮮な視線で捉える曇りのなさ、その発見を自身のことばで素直に表現するなかに、なお深いものに不意に立ち合わされるような厳しさをもあわせもっていたことが、この柳生じゅん子という詩へ志ざす個性の確かさというものを、さらに刻みつけられたのであった。それを昨日のことのようにいまも想いかえす。

この作品は、ということは「柳生じゅん子詩集」の標題となったごとく、ウル・モティフをも示している姿勢の大事さの上にあるといえるのだが、次号の詩誌上に次のように合評会記として批評が記録された。

被爆体験のない者の、長崎における八月九日の標情がすなおに出て、取立てて新しさがあるわけではないが一応成功作といってよい。―略― 一読平凡な印象だが、読みかえすと大変な視線を内蔵している。長崎に生き被爆体験をもっているが故に、無意識に欠落させてきたものを掘り起している。

たとえば我々は「爆雲」には容易に辿り着くが、「爆雲に開かれた空の目」としてのその日の青空を捉えることはできない。いわゆる長崎的なものをはねのけて、このテーマを取上げた積極的姿勢を評価したい。この作品の方向を更に進めて欲しいが、問題はこの作品で示された新しい発見が今後どう展開するかということだろう。「黙禱の長さ」という表現にも、我々が見ているようで実は何も見ていなかったことを知らされる。

と可成り異例の評価にまとめられている。このような批評があったということは、この作品を支えた技倆ということより以前の、人間としての誠実さ、そのことなのであった。

　ともかく追いつめていく、問いつめていくというのが、この女流の、詩人としての本領でもあろうか。翌年八月（一九七七年・五〇号）には「浦上川にて」が発表された。これは作者の、歴史をみつめる痛みのうえに構築された秀れた作品と思われた。特に最後の連、

見なかったものが見える手だてを求めて
川を見つめる私に
小さく握り返してくる息子の手がある

　これについて私は「第三者の客観としてそれを捉えていこうとするむつかしさの中に、又違った原爆が視えてくることがあるのかも知れない。—略」と批評で触れたのだったが、「見なかったものが見える手だてを求めて」とする姿勢は、正真の詩人の眼いがいの何ものでもないだろう。

　柳生じゅん子さんが長崎に在住して初めて参加したこの詩誌は五一号（一九七七年十二月）でその十年間の歴史を閉じたが、この参加の一年間に刊行された六冊に十一篇もの作品を発表しつづけた。何かを切実に追い求めようとする意欲の程がしのばれたのである。「何か」とは原爆問題を媒介としながら現在、未来へかけて人間存在の意味への問いかけでもある、といえよう。これらの主題がパートⅠにまとめられた。

　柳生さんの詩作の方向を以上の範疇にとどめる硬直性から、柔軟にも抜けださせているのが、パートⅡに収められている詩篇である。日常の生活の周囲にある、季節の透明度の表現の試みとともに、成長していく愛娘へ

の無限のいつくしみの眼が、しっとりと輝きだすかのごとき表現の数々に、この詩人の感性が、自然と人生と共棲するべく、たおやかなたたずまいを見せていることに気付かせられるのである。ここに収められている作品「影」は特に存在の不安感を垣間みせており、柳生さんの詩人としての別の深みを感知させてくれる作品であり、このような方向性を保ちながら重ねられる詩作のことを思うとき、この詩人の秘められてある未知の姿が、おぼろにではあるが、彼方に浮かびあがってくるのである。

柳生じゅん子の現在における生のかたちがこれらの詩篇にまとめられたとするならば、この現在に至るまでの過程としての歴史、いわば個人史ともいえるものを時代相のなかに追求を試みた作品が、パートⅢに据えられたと見ることができよう。

そしてその根源にあったものは、彼女の植民地体験というよりも、歴史としての戦争の体験だったのだと、拡くいいかえることができるのである。そしてこの戦争の記憶がさらにパートⅠの各詩篇に円環していくという様相があり、柳生じゅん子の詩人としての辛さも、ここに存在していると見なければならないだろう。

詩集を編んでみたい、との相談を受けたのは九月十八日であった。柳生じゅん子さんはそのことを大変に恥ずかしそうに話したのであった。これはこの女流詩人を理解するうえで大事だと思われるので復原記録しておく。

私が詩集を出そうなんて、何といってていいのか矢張り大それたことなのかも知れないと、決心し鈍り、鈍り決心しで本当に嫌になっちゃうようなんです。刊行してしまったらもう本当に嫌になってしまうような気分が、手にとるようにわかるのですが……。どうしてそうなのかというと、私の書いているものが所詮はドウラクに過ぎないことがわかっているものですから……。

私はこの言葉に本当に吃驚し、そしてこころから楽しくなって笑ってしまったのであった。ドウラクつまり道楽と自分の詩のことをいっているのだ。ホビイといったのである。

だから、この道楽の詩集を出すために、ご夫君の肩にだけ頼れないので、半分くらいは自分で稼ぎだそうと、三カ月ほどをアルバイトに雇われていたというのである。可成りの労働だったらしく、ちらと手を見ると、たくましく荒れているのが印象的であった。

この女流は自身の詩作行為を芸術であるということを拒否しながら、返す微笑をこめて「道楽」に過ぎないと恥ずかしそうに告げたのである。女性から道楽という言葉をきいたのも珍らしかったが、ことは詩に関わっていることについて、この言葉が使用された時、私はこの未だ若い母親の世代に対して、そしてこれらの人達の詩への感情移入の、全く物物しくない自然さについて、明らかな喜びと希望を見た思いがしたのである。そして、「自然に充分自然に」とうたった詩人も、このことをいっていたのかもしれぬと、改めて思ったことであった。

ともかくこの収められた作品、三十三篇に詩人柳生じゅん子の全てが顕在する。読んで欲しいのである。

（『視線の向うに』跋・一九八一年十月二日記）

滴りとなって響く詩篇

『水琴窟の記憶』を読む

土田晶子

澄みわたった秋の空である。「雨の多い夏の日に」編まれた詩集は、いま手元に届き、秋天に水琴窟の音を響かせる。

わけのわからない／悲しみが／やわらかな記憶の土からのびてくる／手放せば歪むばかりの感情は／目覚めて一途に逃がしていくしかない／／これは忘れていた病根／独善のひ弱な鎖骨だから／ゆっくり身をほぐし／息をながく吸ったり吐いたりして／もう一度／血と歳月をかけて収めてきた位置に／押し戻そうと思う／／あっけらかんと竹トンボ

を笑わせる青空と／対峙する地底もまた／辿り着くことのない豊饒な迷路／どうすることもできないほどの自在／おどろおどろした／ひとの脳裏にはない緻密な闇にそって／自問の足先を降ろしていく〃けれど 込み上げてくるものを飲みこむことの／どんな力なのか／ひそかに育つものがあるらしい／貧しくまつわる泥を落とし／尊厳の皮を薄く削げば／ただ 引き裂かれまいとして／ひしめく断念の／なんという真白さだろう〃なまじっかな保身のアクは／冷たい意識の水に晒して／肉眼で／コリコリと コリコリと

（「牛蒡」全行）

「わけのわからない／悲しみが」冒頭は作者の詩を書く契機となった感情。これこそ詩人の発語を促す想いである。詩はこのように始まる。しかし、詩の始まりは本来、削除し闇に沈めるべきだが、そのまま表現するのは何故か。あえてこのフレーズを明記するのは何故か。憂愁に陥しいれるものを作者は意識的に解明することに決めたのだ。「わけのわからない／悲しみ」を誘う「病根」とは、「やわらかな記憶の土からのびてくる」作者の原風景とも推測される幼年期のある体験に起因している。既刊詩集『天の路地』『静かな時間』『藍色の馬』にもそのことをモチーフにしたすぐれた詩篇は発表されている。血を流した傷跡は長い歳月にすでに作者のなかで収拾はついている。それこそ抒情詩人としての資質となっている。起伏の多い負の心象風景である。空と地に喩えられる作者の記憶の地中を辿ると、そこには豊饒な詩の鉱脈がある。「人の脳裏にはない緻密な闇」とは意識化されない潜在意識。詩人にとっては豊かな創作を促す沃土かもしれない。闇の迷宮へ「自問の足先を降ろしていく」。作者は「どんな力なのか／ひそかに育つものがあるらしい」と意識化して了解する。けれども闇に育まれてきた記憶は、一方ではいとおしく抱きしめていたいはずだ。

「ひしめく断念の／なんという真白さだろう」、こう書かずにいられない詩人。「断念」の一語は深く重い。この詩行は屹立している。想念から発生したものは、知性によって（感性に対するものとして）ここに到達し、詩人の表白はなんと澄明な　音色を響かせることか。

終連の「肉眼」について私は考えた。田村隆一の最後の詩集『1999』のなかに作品、「美しき断崖」があった。「生物は／物である／だが／視力が肉眼と化したとき／物は心に生まれ変わる」。ことばは物のようにコロッと置けない。肉眼によって物と心が核融合する一瞬、この世には消えないものがある、と記されていた。詩人の視力とは、ことばで見ることを指している。肉眼はことばでなぞらない眼。牛蒡を詩作の方法の暗喩として、ことばでなぞっていった。終連はことばを閉じて牛蒡に真向かう。コリコリと噛みしめる音は清々しい。

詩誌『タルタ』の「現代詩のいま」のコーナーに、柳生じゅん子は「詩を読むよろこび」という文章を連載している。作者が共感した詩篇を実にわかり易く解明している。「この果物はおいしいよ」「こちらの野菜の瑞々しいこと」、寒い日には「暖かくなりますよ」という具合に差し出してくれる。「あっ!　そうだった」「知らなかった」と読者は味わう。現代詩などという多彩な、しかも曖昧で、難解なものを、実に味わい深い文芸作品として差し出してくれる。詩を書くことも魂の慰藉だが、読むことは更なる喜びという、稀な人の解説に愛読者は多い。

作品「牛蒡」を辿ったのは、ここに柳生じゅん子の今までとは異なった詩の試みを見たからだ。「牛蒡」という野菜の特性を踏まえ、作者は詩作の経緯を見せてくれた。土中に育つ食菜をモチーフにするのは、聡明な人でなければこのような模索はできない。手のうちを晒すように先ず自らの詩の成立のプロセスを、詩でもって示した。「会いたい／会いたくない」（「えんどう豆」）。その花を音符に見立て、このことばの繰り返しは効果的。そういえばえんどう豆はメンデルの法則（種の交配）に使われた。追憶のなかで、現在只中も「会いたい／会いたくない」。誰に?……それは肉親、恋人、友人、はては詩の仲間などなど、それこそえんどう豆の特性「結ばれたいと言葉にしたとたんに／途切れた　電話のコード」。のびのびとした筆致にアイロニーを感じさせる。「遠い町の／新聞紙に包まれ」やってきたのは「白菜」。「あの国の庭先の甕　この国の三和土の樽で」。白菜に触発された詩篇は底力を発揮させた。

「とうもろこし」の「三行いっぺんに読みかじると／日向の匂いは　あふれ／猥雑でなまなましい歯ごたえ」。感知の仕方のしたたかさ。いつもとは異なったことばの選択は「九月の青空の直角に荒い歯形をつける／いつの間にか沈黙している恐怖がある」。九月の青空は、ニューヨークの自爆テロのことだろうか。とっさに「とうもろこし」から日向の匂いは消え、わたしの記憶と結びつく。とうもろこしの粉を食べ生き継いできた戦後の思い出。「どんなときにも胃袋を持つ　悲しみと滑稽さ／さらにその隙間を埋めているのは／爪楊枝のいる羞恥である」。任意の野菜から引き出される事象は、現在の世相に及び変幻自在である。いずれの作品も読者の感懐を重ねさせる普遍性を持っている。

胸奥のストローを覗くと、近頃ようやく再会した父と母が決して言わなかった言葉が、「あの世の際で泡立っている。すると　ばらばらに残っていた思い出が　一筋に繋がっていく」。つぎの「（ああ　そういうことだったのかと今頃気付くなんて）」（「蓮根」）。土の中に育つ野菜は記憶の闇を纏う。ここでは作者が過去に関わった大切な人々（死者）をより深く了解していく。牛蒡は肉眼だったが、蓮根は肉声。作者がこれら試みによって摑んだものの手応えを思う。

「天の鈴虫」は裡なる声をていねいに聞き綴られている作品にまじって、ここには第三者が現れる。物語は他者の身に起こったことだが、感応する詩人は、わが身に起こったほどの理解を示す。その場所に自分も過ぎてきたような臨場感を現す。特別な事象をこともなげに綴る詩人。「呼び鈴が近づいてくる／すり切れた翅の／ボクの日めくりの尽きるところ／どこにも戻れない闇が見えてくる」。真実その闇を見えている詩人のことば。

野菜の詩のあとに、柳生じゅん子の想いを先行させた従来の詩篇も収められている。そこから二章に入る。

「とおくへいきかけて　つめたくなる／その　て　を／にぎれば　わずかに　にぎりかえし／ほねばかりのあし　を／さすれば　やわらかく　み　をゆだね／ともに　たどってきた／はくひょうのみちが　と　ぎれ／もはや　どんなことばも　とどかない／がけっぷ

ちの／うつろ　が　のぞいている」（「別れ」）。亡き母への鎮魂歌。ひらがな表記のしかも一言述べたあと一息つくような修辞は切ない。

北九州市から文京区に転居の折も、同行され暮らしを共にされた母。引越し先で病む人への介護は大変だったと思う。「さいごまで　くりごとを　こぼさなかった／くちもとを／もくやくのように　むすび／はは　はいった」（同前）。

あたたかく聡明、作品と人柄は乖離してはいない。母へのレクイエムを息をのみつつ読む。深い繋がりがいまこそ顕かになった。

「静かな橋」は「別れ」の前に収載されている。「風もないのに背骨が軋む夕べは／暮らしから少し回り道をして訪ねていく（中略）遠い記憶の谷へのびている（中略）そこにいるのは　少女のわたしだ／（ほんとうのお母さんなんてどこにもいないよ）」。本当のお母さんを探していると、「幾人もの母に出会ったわたしが戻ってくる」。「別れ」を包むように、「橋に灯りが」収められている。「夕暮れになると　小さな橋に灯りがつきます」からはじまり橋はこの世とあの世の境目に架かっています。そこには槐の花が咲きこぼれて、わたしの暮らしの近くに川は流れていますと表白される。作品の終章に読者は圧倒される。二章の「静かな橋」から「別れ」「橋に灯りが」と、読み進むとこれら三篇の作品は一つの物語に収斂される。今まで書き継いできた詩人の営為。それは想いをくぐらせ、ことばを選び、内省を繰り返し、ゆきつ戻りつしながら前へ進む詩の形象、この詩形こそ柳生じゅん子の独自性だと納得した。

作者を置き去り、いなくなった「お母さん」、そして新たな母との出会い。更にその母との別れ。そこを通過したことによって顕かになった認識の深さを思った。

記憶のなかから思い出した従兄弟達との「七並べ」。満洲での暮らしや引揚げに関わった真相「大豆」「草の行方」なども切実な戦時下の光景を真摯に展開させていく。

最終に収められた「兎がいた日」は印象深い。「兎は誰かの代わりに泣いたような目をしていた」と鮮やかに描かれる。冒頭の作品へ回帰していくようだ。兎は「耳

をふせ　おとなしく抱かれた／背骨をゆるめ　なでるにまかせた」。確かに兎の居たのは事実に違いないが、あるいは、兎こそ詩へと向かわせたものに、詩作へと誘ったものへの寓意ではないのか。

真白な表紙に「押し」となって彫られ、タイトルとなった詩篇「水琴窟の記憶」。詩集の装丁は作品群を象徴している。

詩人の記憶の水路は、繊細な感性に掬いあげられ、模索され、精緻に練られ、上等な言葉の滴りは、つぎつぎに響き渡る。しばし目を瞑じ、その澄明な音の余韻に身を浸している。

（「タルタ」一一号）

言葉の生命が作者を背負ってつくる現実

『ざくろと葡萄』を読む

福原恒雄

表現したい欲求に作者は突き動かされそれをかたちにして詩は生まれるのであろうが、詩は言葉、身にしみるものが漲っていないと、創出は難しい。その精神の働きがないと詩はたんなる言葉並べ、並べた言葉の解釈を競う遊び道具にしかならない。言葉は表現の道具ではあるが、まことに厄介で、ときに作者をさえ裏切る性質をもつので、入念なものごとへの接し方で日常現実を踏まえて、自他に通う世界をめざすのであるが、日頃呻吟の明け暮れの私に柳生の詩はどう映ったかノートの一端を記してみたい。

一読の独断でいえば詩がやってくるというより引き

込まれる感覚を味わえる。作者に表現意図の強制がなく、読者が読者自身にあらたなイメージを喚起するのに詩の叙情表現も有効に働いて作品はより身近なものになる。もともと作者がどう読者に挨拶しようと、作品の受けとめは読者の貧しくもあり豊かでもある感受性に任される。素っ気なくしようと媚びようとしゃかりきに呼びかけようと、公表されたら作品は読者のもの、作者がどのように口出ししようと無効に近い。だからこそ言葉の衆を恃んでの押しつけがましい作品は負担である。柳生詩にはそれがない。そして作者の表現姿勢もあらかじめ易しいことばまた易しい詩句で表現するというだけの意図で作品化するという次元にいないから、現実の個々の情況にある読者も親近を覚えるのである。また、述べたように、叙情の表現も際立って作品世界のリアリティを支えていることにも注目して読みたい。

作品を手にした時、何の抵抗や障壁もなく字面に即き従って読み進めることができる感じも厭なものではないが、作品に引き込まれるとは、いうなれば読者が作品にとらわれる自分を自分で抑え難く作品との緊張感を自らの内に生むということである。このことは作者の資質に依るところが大きいと曖昧に言い逃れしてもいいが、作者の姿勢に、日常時間とちがう現実に生きたい希いが引き寄せた言葉たちを、自分の分身として、その情感や心情を無視しない構えがあれば、その分身像は叙情を伴って読者に歩み寄ってくる。もちろん叙情も詩では言葉であり技術で支えられるものであるのは繰り返し言うまでもないことである。ともあれ柳生の詩を見る。

「蟻に」である。

真昼に四十分間ほど／わたしは地上から姿を消してみた／／時間を縮める　などという錯覚／逃避する甘味にひかれ／都心の道端にある穴へ／黒々とした列と共にもぐっていった／／イキモノが　ひとつずつ背負っている／四角い来歴に　気圧されてしまった

この一連二連そして三連の二行までで簡潔にしかも十分に情況も思念も表現される。一連は現実の自分像がたんに写実した綴り方とは異なったものであるのは、「姿を消してみた」の「みた」で瞭然である。そして「みた」の行き先への関心は、「共にもぐっていった」で、早くも自分の現実行為の先にあるものが歴然とする。三連の「イキモノ」の「四角い来歴」に重ねた自己凝視は、四連で「時折　こうして行方をくらます／蟻と呼ばれるモノたちの／尊厳の息づかいが満ちてきた」と読者を射る。そして「矜持の身震い」「今日の大地を支えてくれている腕よ」と「不安が絶えずずり落ちる砂の底」ではあるが、満ちているエネルギーに心奪われる世界、読者も同じ場にいる感覚を味わいながらふたたび日常の現実にじぶんを引き戻す。その次と最終連、

どっと階段へと浮きあがっていく／闘う　黒い足の群れに／はじきとばされた／誰かに所在を問われることもない／自分の影を繋ぎとめようとして／触角を出口へ／　さらに　もうひとつの　出口へ／／ふいに陽ざしにまぶされて／皮膚はチリチリと焦げくさく／こ　こ　は　ど　こ　？／すっかり吃音になってしまっている

一種の感動の戸惑い(!?)といったものに、「こ　こ　は　ど　こ　？」と「すっかり吃音になってしまっている」が、この「？」ははからずも私どもの日常の現実の謂であり、生きる営みの場を自覚させるとともに、「蟻に」にみる語りが新生の暗示でもあると共振するのである。付け足せばこの自覚や発見を柳生の叙情は有効に支えている。

読み手を惹きつける叙情に酔いながら　もひとつ詩の社会性について付言したい。

それはいずれの詩篇にも見るものでとりたてていうには躊躇もあるが、柳生詩が見せる叙情に柳生がつかんだ表現したい現実に見合った自覚があるように、社会性という場合もたとえば「樹の海」「吊り橋」「秋の声」と続く詩篇を見ても、たんなる自身の感慨に終始するものでなく、自他の関係の底流に作者自身の意識に宿る生育暦の反映があって作品に滲み出てしまうもの、それを柳

生詩の社会性として軽視したくないのである。それは多くの作に見ることができるから任意に近いが「地下都市」をとり出してみる。

蜘蛛の巣のような階段から／足がついたカバンが集まってくる／電車を乗り換えるたび／なにが擦り切れ　傾くのか／寄り添うカバンたちが手を伸ばし　吊りあげ／ヒトを明るい迷路へと押し出している／／黒々とした激流に　はね飛ばされまいとして／わたしは細い魚になる　水底を這う／ここは　ひとつの戦さ場だから／岸辺で首をすくめた亀にもなる／恐れと後ろめたさで息をひそめる／／Aビルは何番出口でしょうか／――七番です／ありがとうございます／温かいまなざしの駅員さん／すぐに　わたしのことを忘れて下さい／どうも魚や亀のままで／毎回質ねている気がします／／暮らしを充分賄える店が続いている／（まるでシェルターではないか）／壁に触れれば　どんな策略が裏返るのか／ここは　時代の震源地でもあるから／過酷な支配に　灯りが滲んでくる／／血の勢いで曲って　昨日と違う瀬音を聞く／そこは　自分を取り戻す踊り場だから／泉の側で　カバンを休ませた戦士たちが／ささやかな抵抗の狼煙をあげている／はずれには　滑らかな階調の／エスカレーターもあるはずだ／甲羅を脱ぎ　胸ビレだけを残し／なじんだ時間へと抜ける／八角形やジグザグに刻まれた都心の空／五月のけやき並木／陽の光に転がると　目があう／そこがAビルだ／／わたしの草色のバッグの中には／本とノートとペンが入っている／これがあれば　これさえあったら／（溺れないで　流されないで）

ここには詩の訴求力を減ずるスローガンやアジテーションはさらにない。自他の関係、すなわち現実凝視の眼があるだけといってもいい。しかもその寓意性に気持奪われてにやりの笑みをも漏らして読み終えることもできる。もちろんそれでもいいと思う。作者の閲歴も詩に投影されてしまうものだとは先に述べたが、柳生がどこの地で出生しその場が時代の推移の中で、自他の現実が作者個人にどのように拘わりをもったか、何を身につけ何を喪失したかの身にしみる生々しさはなに人も果敢な想像力を動員しても分かり難さは残るだろう。だからこそ読者は創出された作品から味読し読者自身の閲歴につき合わせて作者の世界を感受するものになる。これは作品鑑賞そのものの態度でもあろうが、詩作品にみる現実、社会性というのはそのようなものであろう。それが読者をして共振も共感もさせて活力を与えられることもあるのである。

この詩のタイトル「地下都市」は作者の寓意が創出した日常現実。じつは人は毎日ヒトとして「明るい迷路へと」押し出される。「地下」で「細い魚」になって「水底を這う」のは「黒々とした激流」に「はね飛ばされまい」とするからであり、「亀にもなる」のであるが、「恐れと後ろめたさ」の自意識は存在のまっとうさというものであろうか、「駅員」のまなざしに「わたしのことを忘れて」などと懇願の態を見せながらしかし現実には「甲羅」を脱いだ自分、「胸ビレ」だけを持った自分になって、勤務先であろう「Aビル」で「なじんだ時間へと抜ける」。物語りのように表現したこれらすべての所作が地下都市における社会性というものであり、作者は抑制的な表現で、読者に強制する語りかけはしない。読者に自由にその思念を遊ばせろと言っているようにもとれるが、それこそが柳生詩の社会性と受けとめたい。

注目の終連、「本とノートとペン」の入った「草色のバッグ」を抱えてこの詩は「溺れないで　流されないで」と表明する。何に対してか。自明であるが、「時流」にである。風潮に右顧左眄しない柳生の姿勢が見える。言葉の生命が作者を背負っているのである。

作品の例示もわずかで、一気に書いてしまった雑駁なノートに過ぎないが、さらに大方から別の読み方が得られれば詩集作品はいっそうの輝きを発光するだろう。

（「タルタ」三一号）

柳生じゅん子年譜

一九四二年（昭和十七年）
七月二十六日、東京市大森区久ヶ原町で出生。父石田栄、母マス子の長女。本名淳子。二歳違いの兄と弟。他に妹二人。
九月末、中国東北部旧満州撫順へ。父は南満州鉄道勤務。若い頃から俳句を嗜んでいた。
一九四六年（昭和二十一年）
秋に中国葫蘆島より舞鶴港に引き揚げる。福岡県旧小倉市に住む。
一九四七年（昭和二十二年）
母が弟を連れて離別。叔母宅に世話になる。叔母と叔父、義理の祖父母達にも終生可愛がられた。その後母となってくれた人（ハル）と、その親兄弟、従兄姉妹との心底温かい交流と共に私の人間信頼の根底を支えてもらってきた。
一九四九年（昭和二十四年）
小倉市立富野小学校入学。六年間クラス替えがなかったため卒業後も交友は続いている。五、六年生の時、担任の渕上みどり先生が学級文庫を設け、『世界少年少女文学全集』が毎月二冊届いた。放課後まで残って全巻読む。五年生から詩を書き始める。夏休みの自由研究で「広島県めぐり」で金賞を受賞。六年生の「自分で作ったお話集」を先生が評価して下さる。
一九五五年（昭和三十年）
小倉市立菊陵中学入学。一学年十三クラスもあり、翌年新設された富野中学校へ移動。文芸部入部。国語教師であり顧問の藤井カスミ先生から温かいご指導を受けた。卒業十年後の中学同窓会の折、中二の時に書いた「ナメクジ」の詩を覚えて下さっていて感激した。
一九五八年（昭和三十三年）
福岡県立小倉西高校入学。一年生の時の担任で国語教師白石暢子先生に出会い、文芸部入部。卒業後も作品を見て頂いたノートは私の宝物である。また同じ顧問の秋吉久紀夫先生（日本詩人クラブ第一回詩界賞ご受賞）のご指導も受けた。入学直後の詩「さくらんぼ」を、先生が七月に創刊された詩誌「地殻」に掲載。合評会に参加したが、全く解らない言語が頭上を飛びかっていた。先生からは、卒業後も多くの著書と、ご指導を頂き続けている。三年間図書委員。

一九五九年（昭和三十四年）

六月十一日、父脳溢血にて急死。五十一歳。一週間で七キロ痩せる。一年間悩んだが大学進学を断念する。

一九六一年（昭和三十六年）

日本水産（株）戸畑支社入社。会社の弘報誌に直後から長期間、詩を投稿。どこへ転居しても詩作が途切れなかったのは、この弘報誌のおかげであった。文芸部に入部。「海友会ニュース」も詩を掲載して下さる。

一九六二年（昭和三十七年）

ガリ版刷りの小さな詩集『伸樹』を、高校文芸部の後輩（土谷幸弘、森田淳一）と三人で出版。

一九六四年（昭和三十九年）

柳生敏男と結婚。夫が持っていた日本文学全集、世界文学全集を楽しんで読む。秋に会社を退職する。

一九六五年（昭和四十年）

長女、千穂誕生。

奈良県御所市の斎藤英雄氏（日本水産社員）が詩「初春」に曲をつけて下さる。この年から四十年もの間度々作曲して下さり大阪の出身高校の合唱祭を始め多くの場で発表、歌ってくださった。

一九六六年（昭和四十一年）

二十代前半の十六人で「ネオ・グルッペ」という勉強会を持ち、同人誌「向陽樹」創刊に至る（現姓、峰岸了子、狩野貞子、森田淳一、土谷幸弘、岩下要、西美代子、山野高子、高西正信、吉本いさお他）。八号まで参加。

一九六八年（昭和四十三年）

夫の転勤により長崎市へ転居。

一九六九年（昭和四十四年）

長男、真吾誕生。

夫の転勤により横浜市鶴見区に転居。

一九七一年（昭和四十六年）

東京在住の生母と再会。以降、母は会う度に戦時中のこと、とくに旧満州での日々を語り続けてくれ、私は徐々に作品化していった。

一九七四年（昭和四十九年）
会社の弘報誌や「婦人公論」などに投稿しながら子供の成長を待っていたが、六月高田敏子先生の講演を聞き、「野火の会」に五二号より入会。一九八九年一四一号終刊まで在籍。（安西均、伊藤柱一、磯村英樹）先生方にもご指導を受ける。
一九七五年（昭和五十年）
「よこはま野火」入会（大石規子、馬場晴世、森下久枝他）。四号より六号まで在籍。
一九七六年（昭和五十一年）
七月、夫の転勤により長崎市へ転居。
詩誌「炮氓」四六号より同人となる（山田かん氏主宰、入江昭三、今村冬三、上滝望観、高橋真司、島田とも子、藤維夫、松本知沙他）。この入会により戦争、原爆について厳しく学ばされた。五一号終刊まで在籍。その後末席ながら長崎県詩人会の幹事を務める。婦人学級「さざんかの会」（代表松尾文子氏）に入会。毎月、六年半受講する。「長崎の証言」の会に入会。詩とエッセイ寄稿。反戦集会に参加する。

一九七七年（昭和五十二年）
長崎新聞新春文芸「土塀のそばで」にて入選。第十七回長崎県文芸大会詩部門一席。「黄砂現象」にて受賞。詩集や詩誌を読んで感動した作品を、ノートに書き写す楽しみを始める。
一九八〇年（昭和五十五年）
一月、長崎新聞ブライダル特集に詩「春の朝に」掲載。長崎在住期間、詩、エッセイを何回か掲載される。
一九八一年（昭和五十六年）
詩集『視線の向こうに』（草土詩舎）を出版。
西美代子氏が点字訳をして北九州市にある、福岡県立視覚特別支援学校図書館に寄贈して下さる。
一九八二年（昭和五十七年）
「九州野火」を創刊する（伊藤瑞子、伊東瑞枝、犬童かつよ、門田照子他）。一九七八年より「野火の会」の九州北部の会員と回覧ノートを始めていた。一九八九年、高田敏子先生の逝去により追悼号七号を出して終刊する。
一九八三年（昭和五十八年）
夫の転勤により北九州市小倉北区へ転居する。

岡田武雄先生の詩の講座に半年通う。それまでにも「読書ノート」をつけていたが受講後は贈本も含め、ノートに記録していく。

一九八四年（昭和五十九年）

詩誌「沙漠」（麻生久氏主宰）一一五号より同人となる。二五二号まで二十六年間在籍。麻生氏は、「試みと冒険を」と言って貴重な資料を度々恵贈、温かいご指導を頂いた。（同人は、上山しげ子、いよやよい、河野正彦、幸松榮一、坂本梧朗、中西照夫、餘戸義雄、福田良子、光井玄吉、犬童かつよ、風間美樹、河上鴨、木村千恵子、坪井勝男、中原歓子、菅沼一夫、林舜、原田暎子、細野豊、柴田康弘、山田照子、織田修二、佐々木久幸他）。

一九八五年（昭和六十年）

「北九州詩人懇話会」発足（代表幹事岡田武雄氏）。詩誌の枠を越えて（柏木恵美子、鷹取美保子、河本佐恵子他）八十名近くの会員が集い、親しんだ。「野外セミナー」を始め毎年、市立美術館で開かれていた「詩のひろば」では、朗読会、詩とアートの企画展、全国からお招きした詩人の講演会と交流会等、活気に満ちた詩活動の数々であった。講師（岸本マチ子、片岡文雄、杉谷昭人、秋吉久紀夫、犬塚堯）先生他。二十年間続いて閉会となる。計四年間、事務局を担当する。

一九八六年（昭和六十一年）

九州電力テレビコマーシャルに紫川を背景にした詩作品を、RKBテレビ「ヤッサヤレヤレ小倉祇園」（六十分）の中に詩「小倉祇園」を用いられる。

一九八七年（昭和六十二年）

詩集『声紋』（沙漠詩人集団）を出版。

この詩集の背景となった「いのちの電話」のボランティア（上京まで十五年半）の経験は、自分と向き合う術を教わった。人間存在と理解の根源を今も厳しく問われ続けている。在籍中、会報や通信に度々作品を用いられる。

一九九一年（平成三年）

「北九州市芸術祭」作品「ねむの花」にて金賞受賞。

詩集『天の路地』（本多企画）を出版。

一九九二年（平成四年）

一月、日本詩人クラブ入会（推薦　堀口定義氏、北岡善

寿氏）、日本現代詩人会入会（推薦　甲田四郎氏、鎗田清太郎氏）。

『天の路地』にて第四十二回H氏賞候補となる。

第十七回地球賞候補となる。

「詩学」六月号で『天の路地』より七篇載せて下さる。以降、九州の各新聞が、詩、エッセイを掲載して下さる。

一九九三年（平成五年）

第四回伊東静雄賞奨励賞を受賞する。作品「静かな時間」。

詩誌「えん」創刊（門田照子、土田晶子、吉田詣子、柳生）。表紙絵は毎号吉田藹美氏（現姓太田）。年二回、五年一〇号までと決めて出発。一一号で終刊。

九月、読売新聞に毎週、詩作品「警告」「交信」「産声」「踏切」を発表。

「白秋祭献詩」審査委員。二〇〇〇年まで務める。

一九九四年（平成六年）
詩集『静かな時間』（本多企画）出版。
九州詩人祭大分大会でシンポジウム「現代詩をめぐって」のパネリストとして参加する。

一九九五年（平成七年）

『静かな時間』にて第五回日本詩人クラブ新人賞候補。福田正夫賞候補。小熊秀雄賞候補となる。

第三十一回福岡県詩人賞を受賞する。

詞華集『饗宴』（銅林社）刊行。共著十五名。作品「鈴虫」他七篇。

「さよリーグ・現代詩大会」参加。大分市の河野俊一氏が、同人誌「青娥」詩上で七四号から八五号（一九九七年）まで企画連載（河野俊一、国中治、龍秀美、脇川郁也、柳生）。五人の詩の総当たり戦と持ち回りの審判。判定に悩み、勉強させられ、大きな収穫を得た。

「戦争に反対する詩人の会」二六号より入会。二〇〇一年十二月三九号にて終刊。

一九九六年（平成八年）
第十五回創生奨学会奨励賞を受賞する（財団法人創生奨学会―北九州市）。

一九九七年（平成九年）
日本現代詩歌文学館評議員就任。上京により二〇〇二

年で退任する
一九九八年（平成十年）
第十三回国民文化祭大分'98文芸祭にて国民文化祭実行委員会長賞を受賞する。詩作品「千の耳 ひとつの耳」。「詩と思想」八月号（小詩集）発表。「春の耳」他四篇。
一九九九年（平成十一年）
「詩と思想」三月号より二〇〇〇年一・二月合併号まで読者投稿作品の選評を担当する。
『詩と思想詩人集』参加、以降毎年参加する。
日本現代詩人会西日本ゼミナール宮崎集会で分散会の問題提起者を担当する。
二〇〇〇年（平成十二年）
龍秀美氏詩集『TAIWAN』が第五十回H氏賞を受賞。五月、日本現代詩人会「日本の詩祭」にてその解説をする。
十二月、同居していた母と一緒に東京都在住の長女の近くに転居する。
二〇〇一年（平成十三年）
「とびうお」創刊号より参加する。一九九四年より有志で「現代詩研究会」を開いていた。私が上京後も、前田美代子氏を中心に会は続いて年一回詩誌を発行。現在は杉八千代氏が代表。帰郷時は、今も勉強会に参加している。
「こだま」（保坂登志子氏）一八号より参加、現在に至る。
二〇〇二年（平成十四年）
詩集『藍色の馬』（本多企画）出版。
日本文芸家協会入会（推薦 伊藤桂一氏、篠弘氏）。
「詩と思想」九月号（小詩集）「傷痕」他三篇。
第十三回日本詩人クラブ新人賞選考委員を務める。
二〇〇三年（平成十五年）
『藍色の馬』にて第三十六回日本詩人クラブ賞候補。
第三十一回壺井繁治賞候補となる。
二〇〇四年（平成十六年）
五月、育ての母、石田ハル死去、九十三歳。
「斎藤緑雨没後百年記念」アフォリズム作品、最優秀賞受賞。

「輝け九条・詩人の輪」参加、現在に至る。
二〇〇六年（平成十八年）
「いのちの籠」（羽生康二氏　現在、甲田四郎氏）二号より参加、現在に至る。
「現代女性文化研究所」入会。「満州研究会」に第一回より通う。二〇一五年退会。
二〇〇七年（平成十九年）
詩誌「タルタ」（千木貢氏主宰）創刊。同人となる（米川征、伊藤眞理子、田中裕子、峰岸了子、寺田美由記、高澤静香、柳岡加奈、図師照幸、浅野牧子、藤本敦子）。米川征氏二〇一二年に亡くなる。
「意味論研究会」で代表の野林正路氏が研究発表に私の詩「光る窓」を取り上げて下さったことを機に入会。以後、現在まで毎月参加。さまざまな分野の研究者の発表と会員の議論に、視野を広げられ、思考を耕されている。発表の場も頂く。
二〇〇八年（平成二十年）
松本市「美ケ原高原詩人祭」（松本詩人会　秋山泰則氏）へ色紙にて詩作品参加。以後毎年参加。ＮＨＫ長野放送局賞を二回受賞。
二〇〇九年（平成二十一年）
詩集『水琴窟の記憶』（海鳥社）出版。
八月、姪の岩川美紀の結婚式に際し依頼されて祝婚歌三篇作る。
二〇一〇年（平成二十二年）
『水琴窟の記憶』にて、第四十三回日本詩人クラブ賞候補、第九回現代ポイエース賞候補となる。
二〇一一年（平成二十三年）
第二十二回日本詩人クラブ新人賞選考委員を務める。
二〇一二年（平成二十四年）
「清水茂先生と詩を語る会」（北岡淳子氏主宰）に参加。以降詩を書くこと、読むことの根源をゆさぶられる貴重な講義を受け、多くの著書とご指導を頂き続けている。
二〇一四年（平成二十六年）
詩集『ざくろと葡萄』（土曜美術社出版販売）出版。
表紙絵は海野阿育氏。
日本社会文学会入会。第八期日本詩人クラブ「詩の学校」にて「詩と詩人」発表する。

二〇一五年（平成二十七年）

『ざくろと葡萄』にて、第四十八回日本詩人クラブ賞候補、第四十三回壺井繁治賞候補となる。

エッセイ集『詩を読むよろこび』（タルタの会）出版。編集、装丁全て千木貢氏にお世話になる。表紙絵は望月綾乃氏。

第二十六回日本詩人クラブ新人賞選考委員を務める。

十一月、生みの母、岩川マス子死去、九十六歳。

二〇一六年（平成二十八年）

詩集『友だちと鈴虫』（岩崎書店）出版。

表紙絵は海野阿育氏。

二〇一七年（平成二十九年）

『友だちと鈴虫』にて第二十一回三越左千夫少年詩賞候補となる。

現住所　〒一一二―〇〇〇五
東京都文京区水道一―七―一二―四〇二

新・日本現代詩文庫135 柳生《やぎゅう》じゅん子《こ》詩集

発行 二〇一七年十二月一日 初版

著者 柳生じゅん子

装幀 森本良成

発行者 高木祐子

発行所 土曜美術社出版販売

〒162-0813 東京都新宿区東五軒町三—一〇

電話 〇三—五二二九—〇七三〇

FAX 〇三—五二二九—〇七三二

振替 〇〇一六〇—九—七五六九〇九

印刷・製本 モリモト印刷

ISBN978-4-8120-2410-2 C0192

新・日本現代詩文庫

土曜美術社出版販売

- ⑩⑨ 郷原宏詩集　解説　荒川洋治
- ⑪⓪ 永井ますみ詩集　解説　有馬敲・石橋美紀
- ⑪⑪ 阿部堅磐詩集　解説　里中智沙・中村不二夫
- ⑪⑫ 新編石原武詩集　解説　秋谷豊・中村不二夫
- ⑪⑬ 長島三芳詩集　解説　平林敏彦・禿慶子
- ⑪⑭ 柏木恵美子詩集　解説　高山利三郎・比留間一成
- ⑪⑮ 近江正人詩集　解説　高橋英司・万里小路譲
- ⑪⑯ 名古きよえ詩集　解説　中原道夫・中村不二夫
- ⑪⑰ 新編石川逸子詩集　解説　小松弘愛・佐川亜紀
- ⑪⑱ 佐藤真里子詩集　解説　小笠原茂介
- ⑪⑲ 河井洋詩集　解説　古賀博文・永井ますみ
- ⑫⓪ 戸井みちお詩集　解説　高田太郎・野澤俊雄
- ⑫⑪ 金堀則夫詩集　解説　小野十三郎・倉橋健一
- ⑫⑫ 三好豊一郎詩集　解説　宮崎真素美・原田道子
- ⑫⑬ 古屋久昭詩集　解説　北畑光男・中村不二夫
- ⑫⑭ 佐藤正子詩集　解説　篠原憲二・佐藤夕子
- ⑫⑮ 川端進詩集　解説　中上哲夫・北川朱実
- ⑫⑯ 桜井滋人詩集　解説　竹川弘太郎・桜井道子
- ⑫⑰ 葵生川玲詩集　解説　みもとけいこ・北村真
- ⑫⑱ 今泉協子詩集　解説　油本達夫・柴田千晶
- ⑫⑲ 柳内やすこ詩集　解説　伊藤桂一・以倉紘平
- ⑬⓪ 新編甲田四郎詩集　解説　川島洋・佐川亜紀
- ⑬⑪ 大貫喜也詩集　解説　石原武・若宮明彦
- ⑬⑫ 今井文世詩集　解説　花潜幸・原かずみ
- ⑬⑬ 中山直子詩集　解説　鈴木亨・以倉紘平
- ⑬⑭ 林嗣夫詩集　解説　鈴木比佐雄・小松弘愛
- ⑬⑮ 柳生じゅん子詩集　解説　山田かん・土田晶子・福原恒雄

〈以下続刊〉

- 瀬野とし詩集　解説　〈未定〉
- 住吉千代美詩集　解説　〈未定〉

- ① 中原道夫詩集
- ② 坂本明子詩集
- ③ 高橋英司詩集
- ④ 前原正治詩集
- ⑤ 三田洋詩集
- ⑥ 本多寿詩集
- ⑦ 小島禄琅詩集
- ⑧ 新編菊田守詩集
- ⑨ 出海溪也詩集
- ⑩ 柴崎聰詩集
- ⑪ 相馬大詩集
- ⑫ 桜井哲夫詩集
- ⑬ 新編島田陽子詩集
- ⑭ 新編真壁仁詩集
- ⑮ 南邦和詩集
- ⑯ 星雅彦詩集
- ⑰ 井之川巨詩集
- ⑱ 新々木島始詩集
- ⑲ 小川アンナ詩集
- ⑳ 新編井口克己詩集
- ㉑ 新編滝口雅子詩集
- ㉒ 谷　敬詩集
- ㉓ 福井久子詩集
- ㉔ 森ちふく詩集
- ㉕ しま・ようこ詩集
- ㉖ 腰原哲朗詩集
- ㉗ 金光洋一郎詩集
- ㉘ 松田幸雄詩集
- ㉙ 谷口謙詩集
- ㉚ 和田文雄詩集
- ㉛ 新編高田敏子詩集
- ㉜ 皆木信昭詩集
- ㉝ 千葉龍詩集
- ㉞ 新編佐久間隆史詩集
- ㉟ 長津功三良詩集
- ㊱ 鈴木亨詩集
- ㊲ 埋田昇二詩集
- ㊳ 川村慶子詩集
- ㊴ 新編大井康暢詩集
- ㊵ 米田栄作詩集
- ㊶ 池田瑛子詩集
- ㊷ 遠藤恒吉詩集
- ㊸ 五喜田正巳詩集
- ㊹ 森常治詩集
- ㊺ 和田英子詩集
- ㊻ 伊勢田史郎詩集
- ㊼ 鈴木満詩集
- ㊽ 曽根ヨシ詩集
- ㊾ 成田敦詩集
- ㊿ ワシオ・トシヒコ詩集
- (51) 高田太郎詩集
- (52) 大塚欽一詩集
- (53) 香川紘子詩集
- (54) 井元霧彦詩集
- (55) 高橋次夫詩集
- (56) 上手宰詩集
- (57) 網谷厚子詩集
- (58) 門田照子詩集
- (59) 水野ひかる詩集
- (60) 丸本明子詩集
- (61) 村永美和子詩集
- (62) 藤坂信子詩集
- (63) 門林岩雄詩集
- (64) 新編原民喜詩集
- (65) 新編濱口國雄詩集
- (66) 日塔聰詩集
- (67) 武田弘子詩集
- (68) 大石規子詩集
- (69) 吉川仁詩集
- (70) 尾世川正明詩集
- (71) 岡隆夫詩集
- (72) 野仲美弥子詩集
- (73) 葛西洌詩集
- (74) 只松千恵子詩集
- (75) 鈴木哲雄詩集
- (76) 桜井さざえ詩集
- (77) 森野満之詩集
- (78) 坂本つや子詩集
- (79) 川原よしひさ詩集
- (80) 前田新詩集
- (81) 石黒忠詩集
- (82) 壺阪輝代詩集
- (83) 若山紀子詩集
- (84) 香山雅代詩集
- (85) 古田豊治詩集
- (86) 福原恒雄詩集
- (87) 黛元男詩集
- (88) 山下静男詩集
- (89) 赤松徳治詩集
- (90) 梶原禮之詩集
- (91) 前川幸雄詩集
- (92) なべくらますみ詩集
- (93) 津金充詩集
- (94) 中村泰三詩集
- (95) 和田攻詩集
- (96) 藤井雅人詩集
- (97) 馬場晴世詩集
- (98) 鈴木孝詩集
- (99) 久宗睦子詩集
- (100) 水野るり子詩集
- (101) 岡三沙子詩集
- (102) 星野元一詩集
- (103) 清水茂詩集
- (104) 山本美代子詩集
- (105) 武西良和詩集
- (106) 竹川弘太郎詩集
- (107) 酒井力詩集
- (108) 一色真理詩集

◆定価（本体1400円＋税）